모두가 더불어
스마트하게 사는 삶의 이야기

행복한 삶을 위한 88가지 이야기

허 식

_____님께

건강과 행운을 기원합니다.

_____드림

저자약력

허 식

2015년 10월에 집천사가 뇌졸중으로 병원에 입원하자 간병과 재활 치료를 돕던 중, 저자는 2016년 12월에 '요양보호사' 자격증을 취득하여 직접 가족 요양 보호사로 가정에서 집천사를 간병하며 생활하고 있다.

학력 : 전주신흥고등학교 졸
　　　한국신학대학(한신대학교 전신) 신학과 졸(신학 학사)
　　　한국신학대학(한신대학교 전신) 대학원 졸(신학 석사)
　　　영국 버밍엄 셸리옥 대학 선교학과정 수료
　　　서울대학교 종교교사 자격 취득과정 수료

경력 : 육군 군목(대위 전역)
　　　익산 두여리교회 담임목사
　　　김제 구암교회 담임목사
　　　울산 성민교회 목사
　　　남해 당항교회·담임목사
　　　한성신학대학 강사
　　　서울 강남교회 협동목사
　　　대성중·고등학교 교목
　　　한국 기독교 장로회 교목협의회 회장
　　　연세대학교 크리스챤 고양·파주 동문 모임(YCA고·파)지도목사(현재)

저서 : 『아직 꽉 차지 않았거든요』(너의오월, 2013),
　　　『하나님의 러브 레터』(박문사, 2015),
　　　『꽃도 가꾸어야 더욱 아름답습니다』(박문사, 2017)

공저 : 『오직 한 분뿐인 스승 예수』(너의오월, 2013)

모두가 더불어
스마트하게 사는 삶의 이야기
행복한 삶을 위한 88가지 이야기

허 식

박문사

모두가 더불어 스마트하게 사는 삶의 이야기
행복한 삶을 위한 88가지 이야기

초판 발행 2018년 5월 15일

지은이 허식
발행인 윤석현
발행처 박문사
등 록 제2009-11호

주소 서울시 도봉구 우이천로 353 성주빌딩 3F

전화 (02) 992-3253 (대)
전송 (02) 991-1285

전자우편 bakmunsa@daum.net
홈페이지 http://jnc.jncbms.co.kr

책임편집 박인려

ISBN 979-11-87425-96-0 03810   정가 14,000원

책을 펴내면서

제가 이번에 책을 출간했다하면 "또 무슨 책이냐?" 할 분들이 계실 것입니다. 퇴임 후 5년 사이에 4번째의 책을 출간하게 되니 책을 읽지 않는 시대에 왜 또 책을 만드느냐? 하는 염려에서의 말씀일줄 압니다. "책을 읽지 않는 시대에 책을 만든다는 것은 무엇을 의미하는가?"라는 질문을 되뇌어 봅니다. 현문우답賢問愚答이지만 '책은 사람이 만들지만 책이 사람을 만든다.'는 말에서 그 답을 찾아봅니다. 그런 면에서 저의 부족한 책이지만 독자들에게 스마트하고 행복한 삶을 사는데 도움이 되었으면 하는 바람을 가져봅니다.

인성교육이 강조되어 오던 중, 2014년 12월 29일에 '인성교육진흥법'은 국회 본회의를 통과하여 2015년 1월 20일 법률로 제정됐습니다. 이 법안에서 인성교육은 자신의 내면을 바르고 건전하게 가꾸고 타인·공동체·자연과 더불어 살아가는데 필요한 인간다운 성품과 역량을 기르는 교육으로, 예禮, 효孝, 정직, 책임, 존중, 배려, 소통, 협동 등의 마음가짐이나 사람됨과 관련되는 핵심적 가치와 덕목을 지니는 것이라고 밝히고 있습니다.

　　인성교육에서 강조되어야 하는 부분은 '사람다움'이라고 생각합니다. 보상을 바라지 않는 배려와 봉사를 통해서 나눔을 실천하고, '모두가 더불어 살아가는 법'에 대해 배우고 익히는 것이 인성교육의 기본이라고 봅니다.

　　이야기들을 정리하는 중에, 모두가 함께 더불어 스마트한 삶을 살기를 바라는 독자들과 인성교육을 직접 담당하시는 분들에게도 참고가 될 수도 있겠다 싶어서 다듬어 보았습니다.

　　또한 이야기들을 정리하면서 힘들도 피곤할 때 먼저 제 자신이 많은 도움과 힘을 얻었음을 고백합니다. 이 이야기들이 10대와 20대는 현실의 삶을 배우면서 오늘에 최선을 다하며 미래를 대비하고, 30대와 40대는 과거의 삶을 성찰하면서 오늘의 삶에 충실하며 미래를 준비하고, 50대와 60대 이후는 과거를 뒤돌아보면서 지금의 삶을 즐겼으면 하는 바람으로 정리하며 다듬어 보았습니다.

　　이야기의 자료로는 매일 E-메일을 통해 접하는 따뜻한 하루의 따뜻한 편지, 고도원의 아침편지, 사랑밭의 새벽편지, 사색의 향기 그리고 카톡의 친구들이 보내 주는 자료들을 이용하였음을 밝힙니다. 그리고 참고자료들을 열거한다고 하였으나 다 밝히지 못하였습니다.

지금의 삶이 완전하지 못하지만 더 나은 삶은 꿈꿀 수는 있겠기에, 마당 하나는 아름다운 삶으로, 마당 둘은 꿈을 이루는 삶으로, 마당 셋은 강건한 삶으로, 마당 넷은 신뢰의 삶으로, 마당 다섯은 행복한 삶으로 분류하여 이야기들을 골라 정리하여 보았습니다.

책을 내면서 사랑하는 우리집 천사와 가족들에게 고마움을 전합니다. 아울러 여러모로 기도해 주시고 격려해 주시는 친지와 친구 여러분들에게 그리고 부족함에도 축하의 말씀으로 격려해주신 강영선 목사님에게 거듭 진심으로 감사드립니다.

또 책이 탄생되도록 격려해 주신 도서 출판 박문사의 윤석현 사장님과 편집을 담당해 주신 박인려 선생님 그리고 협력하여 주신 모든 분들에게도 진심으로 감사를 드립니다.

2018년 3월에,

고양 원당 도서관에서

허 식 드림

가슴 뭉클한 보약 같은 이야기들

허식 목사! 그를 보면 '남자의 향기'가 생각난다. 그는 몸이 불편한 사모님을 항상 "우리 집 천사"라고 부른다. 친히 요양보호사 자격증까지 따서 그 천사를 지극 정성으로 돌본다. 뿐만 아니라, 그 천사를 위해 경치 좋은 산천경개山川景槪를 따라 팔도를 유람遊覽하는 분이다.

그 순애보의 주인공이 책을 내면서 나에게 추천사를 써 달랜다. 그저 대충 훑어보고 몇 자 써줄 요량으로 읽기 시작했다가 나도 모르게 이 글의 매력에 빠져들게 되었다.

전체적으로 부담스럽지 않게 읽을 수 있는 평범하고 단순한 글들이다. 그러나 읽다보면 가슴이 뭉클해지고, 눈시울이 붉어지고, 흐뭇한 미소를 짓게 되는 보약 같은 이야기들 88편이 수록되어 있다.

이 아름다운 글들은 독자들에게는 영양가 풍부한 심령의 양식이 될 것이고, 설교하는 목사님들에게는 좋은 예화자료가 될 것이며, 학생들을 가르치는 선생님들에게는 훌륭한 인성교육人性教育의 자료가 될 것이다.

내 친구 중에 허 목사님과 같은 귀한 글쟁이가 있다는 사실에 긍지를 느낀다.

한신대학교 명예교수

강영선 목사

마당
하나

아름다운 삶

모두가 더불어

스마트하게 사는 삶의 이야기

행복한 삶을 위한 88가지 이야기

인사성人事性이 밝아야

"저 친구 기본이 되어 있어…"

"일도 잘하지만, 사람이 되었어."

"저 친구 인사하는 걸 보니, 사람이 되었어."

위와 같은 말을 듣는 당신은 아마도 인사를 잘하는 사람일 것입니다. 인사성人事性이 밝은 사람은 친절한 사람입니다. 누구나 친절한 사람을 좋아합니다.

태어나 말을 배우기 전부터 사람을 보면 인사하라고 배우며 자랍니다. 날마다 많은 사람들을 만나고 헤어지는 반복된 생활을 합니다. 우연한 만남이거나 약속된 만남이거나 그 때마다 만나고 헤어지는 순간에 꼭 해야 하는 행위가 인사입니다.

인간관계에서 첫인상은 아주 중요합니다. 인사를 잘하면 첫인상을 좋게 심어줄 수 있습니다. 인사 잘 해서 손해 보는 일은 없습니다.

통신상의 인사에서도 "여보세요."라고 하는 짧은 이 한마디에서도 상대의 기분 상태, 인격, 주변 분위기까지 읽을 수도 있습니다. 얼굴 표정의 의미도 너무 다양합니다. 외적으로 생긴 모습은 그 사람의 일부분이고, 얼굴의 표정은 마음을 표현하는 통로이기도 합니다. 말을 하지 않고 있다 해도 얼굴 표정만 보아도 반갑다거나 그렇지 않다는 것을 느낄 수도 있습니다.

적재적소適材適所에 어울리는 언어, 표정, 분위기를 제공했는지 날마다 자문자답을 구해도 씁쓰레한 기분이 들 때가 더 많습니다. '진심을 담았는가? 기쁜 이를 만나면 기쁜 표정이었는가? 슬픈 이를 만나면 그에 걸맞은 표정과 행동을 했는가? 온기溫氣가 담긴 가슴의 체온이 전달되었는가?' 평생 훈련하고 다듬고 해 온 인사인데도 하면 할수록 쉬운 일이 아니라는 것을 깨우치게 됩니다.

참고

박극수, 「인사를 잘하자」, 『양산일보』, 2013.3.12

(http://jazzar.tistory.com/1001, 2013.10.22)

정리정돈整理整頓을 잘해야

30여 년 전 영국의 한 기숙사에서 1년 정도 30여 개국에서 온 유학생들과 50여 명이 함께 생활한 경험이 있습니다. 기숙사의 화장실과 공공의 자리에는 "다음 차례에 사용하는 사람에게 불편함이 없도록 정리하여 주십시오."라는 글귀가 있어서 정리 정돈하는 일에 신경을 쓴 경험이 있었습니다. 아니 자신을 위해서도 정리 정돈을 해야 하지만 다음에 사용하는 사람이 사용할 때 불편함이 없도록 하기 위해서는 뒷정리를 잘해야 했습니다. 즉 사용하다가 공공의 물건에 탈이 나거나 고장이 나면 다음 사용하는 사람에게 불편을 주지 않도록 사용하다가 고장 나게 한 사람이 고쳐놓거나 수리하도록 조처를 하여야만 했습니다. 그러하기에 서로 불편함 없이 생활한 경험이 있습니다.

정리하는 데 참고가 되었으면 하여 열거해봅니다.

- 집안 정리를 잘하려면 정리습관을 들이는 게 좋습니다. 꼭 제자리에 둔다는 생각, 필요한 것만 산다는 습관을 들이면 더 좋습니다.
- 물건을 한눈에 찾아서 볼 수 있게 종류별로 찾기 쉽도록 깨끗이 정리를 하면 좋습니다.
- 상자를 이용해 수납장에 쌓아 정리하는 것도 좋습니다.
- 필요하거나 가장 많이 사용하는 물건은 손이 잘 가고 눈에 띄는 곳에 두어야 쉽게 찾아 사용할 수 있고 사용하고 난 뒤에도 정리하기가 편리합니다.
- 자주 읽는 책은 거실이나 책상 가까이에 두고 읽은 책은 순서에 따라 배열해두고 읽지 않은 책들은 읽고 싶은 순서에 따라 배열해두면 좋습니다.
- 물건에 탈이 나거나 고장이 났을 경우에는 뒤로 미루지 말고 수리하여 놓아야 다음에 사용할 때 즉시 사용할 수 있어서 좋습니다.
- 쓰레기와 필요 없는 물건은 과감히 버리는 게 최고입니다.

정리정돈을 잘하는 사람이 판단하고 결정하는 일도 잘 하는 것 같습니다.

좋은 친구 사귀기

공자孔子는 유익한 친구가 셋이 있고, 해로운 친구가 셋이 있다고 합니다. 곧은 사람과 신용 있는 사람과 견문이 많은 사람을 친구로 사귀면 유익합니다. 그리고 편벽한 사람과 아첨하는 사람과 말이 간사한 사람을 친구로 사귀면 해롭습니다.

친구는, 말하고 행동하는 것으로 판단할 수 있습니다. 그것만으로도 알 수 없다면, 평판으로도 판단할 수 있습니다. 그러나 좋은 친구, 해로운 친구, 나누어 사귀기 전에 자신이 그들에게 좋은 친구가 되는 것도 중요한 일입니다.

많은 사람들이 자신보다 나은 사람을 친구로 삼으려고 합니다. 그러려면 자신이 먼저 좋은 친구가 되어야 합니다. 좋은 친구가 되려면 먼저 좋은 사람이 되어야 합니다. 그러면 좋은 친구를 만나게 됩니다.

좋은 친구 사귀기 10계명

1. 친구가 없을 때 그를 비웃지 말라.

2. 모든 대화에서 하는 말은 반, 듣는 말은 배로 하라.

3. 친구가 말할 때 끼어들어 자랑하지 말라.

4. 나의 생각과 다른 말이라고 그 사람을 무시하지 말라.

5. 나의 관심보다 친구의 관점에서 말을 하라.

6. 친구에게 언제나 웃는 모습으로 대하라.

7. 친구와의 말다툼에서 언제나 이기려 하지 말라.

8. 친구의 단점을 지적하고 수정하려 하지 말라.

9. 잘못한 점은 사과하고 용서를 빌어라.

10. 친구는 나와 다르다는 사실을 인정하라.

사람이 자기 친구를 위해 목숨을 내놓는 것보다 더 큰 사랑은 없다.

- 요한복음 15 : 13 우리말성경

참다운 친구

　기원전 4세기경, 그리스에 '피시아스'라는 사람이 억울한 일에 연루되어 교수형을 당하게 되었습니다. 그는 부모님께 마지막 인사를 하게 해달라고 간청을 했습니다. 하지만 왕은 허락할 경우 선례가 될 뿐만 아니라 그가 멀리 도망간다면 국법과 질서가 흔들릴 수도 있겠다 생각하고 허락하지 않았습니다.

　그런데 피시아스의 친구인 '다몬'이라는 사람이 왕을 찾아왔습니다.
　"폐하! 제가 친구의 귀환을 보증하겠습니다. 그를 집으로 잠시 보내주십시오."
　왕이 그에게 물었습니다.
　"만일 피시아스가 돌아오지 않는다면…"
　"친구 잘못 사귄 죄로 대신 교수형을 받겠습니다."

"너는 진심으로 피시아스를 믿느냐?"

"네. 폐하. 그는 제 친구입니다."

왕은 그 조건으로 다몬을 감옥에 가두었습니다.

그런데 약속한 날이 되었는데도 피시아스는 돌아오지 않았습니다. 정오가 가까워지자 다몬은 교수대에 끌려 나왔습니다. 사람들은 우정을 저버린 피시아스를 질책했습니다. 그러자 다몬이 큰소리로 외쳤습니다.

"제 친구 피시아스를 욕하지 마세요. 분명 사정이 있을 겁니다."

왕이 교수형 집행을 명령했습니다. 바로 그때 멀리서 피시아스가 고함을 치며 달려왔습니다.

"폐하, 제가 돌아왔습니다. 다몬을 풀어주십시오."

이들을 지켜보던 왕은 아름다운 그들의 우정에 감동하여 자리에서 벌떡 일어나 큰소리로 외쳤습니다.

"피시아스의 죄를 사면해 주노라."

왕은 명령을 내린 뒤 나직하게 혼잣말을 했습니다.

"내 모든 것을 다 주더라도 이런 친구를 한 번 사귀어 보고 싶구나."

"친구란 무엇인가?", 따뜻한 하루, 따뜻한 편지, 2017.9.12

비 오는 날에 그려진 수채화

시장에서 찐빵과 만두를 만들어 파는 한 아주머니가 계셨습니다. 어느 날, 하늘이 갑자기 흐려지더니 비가 쏟아지기 시작했습니다. 비는 두어 시간 동안 계속 내렸고, 도무지 그칠 기미를 보이지 않았습니다. 아주머니에게는 고등학생 딸이 한 명 있었는데 미술학원에 가면서 우산을 들고 가지 않았다는 것이 불현듯 생각났습니다.

아주머니는 서둘러 우산을 들고 딸의 미술학원 앞으로 갔지만, 학원에 도착한 아주머니는 들어가지 못한 채 주춤거리고 서 있었습니다.

부랴부랴 나오는 통에 밀가루가 덕지덕지 묻은 작업복에 낡은 슬리퍼, 심지어 앞치마까지…

감수성 예민한 여고생 딸을 생각하며 아주머니는 옆 건물에서 딸이 나오길 기다리기로 했습니다.

혹시나 해서 학원이 있는 3층을 올려다봤습니다. 마침 빗소리에

궁금했는지, 아니면 엄마가 온 걸 직감했는지 딸은 창가를 내려다보았고, 엄마와 눈이 마주쳤습니다.

반가운 마음에 딸을 향해 손을 흔들었지만, 엄마를 본 딸은 몸을 숨겼다가 다시 살짝 고개를 내밀고, 다시 숨기고 하는 것이었습니다.

엄마는 순간 딸이 초라한 본인의 모습 때문에 기다리는 것을 원치 않는 것 같이 느꼈습니다. 슬픔에 잠긴 아주머니는 고개를 숙인 채, 딸을 못 본 것처럼 돌아서 가게로 돌아왔습니다.

그로부터 한 달이 지났습니다. 미술학원으로부터 학생들의 작품을 전시한다는 초대장을 받았습니다. 자신을 피하던 딸의 모습이 생각나 가야 할지 말아야 할지 고민하던 아주머니는 미술학원에 들렀습니다.

아주머니는 문 앞에서 망설였지만, 문을 열고 들어가 그림을 감상하다가, 한 그림 앞에서 눈물을 흘렸습니다.

제목 : '세상에서 가장 아름다운 모습'

비, 우산, 밀가루 반죽이 묻은 작업복, 그리고 슬리퍼… 한 달 전 학원 앞에서 딸을 기다리던 자신의 모습이 그대로 담겨 있었습니다.

🏅참고 ─────
"비 오는 날 수채화", 따뜻한 하루, 따뜻한 편지, 2017.8.30

기억하고픈 주례사

며칠 전, 5촌 조카의 결혼식에 참석하였는데 역시나 주례자 없이 진행되는 결혼식이었습니다. 주례자 없는 결혼식이 유행인 것처럼 보입니다. 앞으로는 결혼식에서 주례사를 듣기 어려울 것 같습니다. 주례사를 듣지 못할 신랑과 신부들에게 '기억하고픈 주례사' 한 편을 소개합니다.

친한 대학 선배의 결혼식. 여느 결혼식처럼 잘 어울리는 신랑 신부의 모습에 부러움이 가득한 축하의 장이었습니다.

그런데 같이 간 친구에게 믿기지 않는 이야기를 들었습니다. 선배 집의 엄청난 반대 때문에 결혼하기까지 우여곡절이 정말 많았다는 이야기였습니다.

신부는 정말 천사처럼 아름답고 단아해 보였습니다. 반대할 이유가 전혀 없어 보였습니다.

이윽고 주례사가 시작되었습니다.

"제 대머리를 딱 한 자로 표현하면 한문으로 빛 광, 즉 광光이라고 할 수 있지요. 신랑 신부가 백년해로하려면 광光나는 말을 아끼지 말고 해주어야 합니다. 세상에서 가장 무서운 것은 세 치 혀입니다."

하객들은 모두 진지한 눈빛으로 주례사를 경청하고 있었으며 주례사는 계속됐습니다.

"가까운 사이일수록 예의를 지키라는 말이 있습니다. 아무리 부부라고 해도 함부로 말을 해서는 안 됩니다. 그러나 '여보, 사랑해. 당신이 최고야!'라는 광光나는 말은 검은 머리가 대머리가 될 때까지 계속해도 좋은 겁니다."

그런데 그 순간, 하얀 장갑을 낀 선배의 손이 부지런히 움직이고 있는 게 눈에 들어왔습니다. 선배는 신부에게 수화로 주례 내용을 알려주고 있었던 것입니다. 순간, 좀 전 친구의 이야기에서 반대의 이유가 무엇이었는지 어렴풋이 알 수 있었습니다. 주례자는 다음과 같은 말씀으로 주례사를 마치셨습니다.

"여기, 이 세상에서 가장 훌륭한 신랑이 가장 아름다운 신부에게 이 세상에서 가장 아름다운 말을 해주고 있습니다. 군자는 행위로써 말하고 소인은 혀로써 말한다고 합니다."

"오늘 저는 혀로써 말하고 있고 신랑은 행위로써 말하고 있습니다. 신랑 신부 모두 군자의 자격이 있는 것입니다. 두 군자님의 인생에 축복이 가득하길 빌면서 이만 소인의 주례를 마칩니다."

예식장은 하객들의 박수 소리에 떠나갈 듯했습니다. 보이지 않으면 들리도록 표현하고, 들리지 않으면 보이도록 표현하면 됩니다. 마음으로 표현하면 더 잘 들리고 잘 보이는 것이 사랑입니다.

참고 ─────────────
"잊지 못할 주례사", 따뜻한 하루, 따뜻한 편지, 2016.1.18

부부간의 배려 규칙

● 일방 통행 금지

언제나 쌍방통행입니다. 너는 너, 나는 나 하는 식의 일방통행자는 부부 교통법규의 위반자입니다. 대화와 협조 속에서 살아가야 합니다.

● 차간車間 거리 유지

앞차와 뒤차가 너무 가까우면 충돌하기 쉽고, 멀어지면 다른 차가 끼어듭니다. 지나치게 가까우면 존경심이 없어져 충돌의 원인이 될 수도 있습니다. 반대로, 서로 무심하거나 냉정하게 대하면 제3의 인물이나 장애물이 끼어들 수도 있습니다.

● 경적 금지

경적으로 인한 피해가 큰 것처럼, 당신의 높은 목소리는 상대방에게 스트레스를 줍니다. 행복한 부부가 되려면 목소리부터 낮춰야 합니다.

• 추월 금지

무리하게 추월하면 서로 부딪혀서 대형사고가 납니다. 부부가 서로 경쟁상대로 생각하거나 무시하면 사고가 납니다. 당신 같은 주제에 하며 업신여기는 말은 금물. 부부는 영원한 동반자입니다.

• 차선 지키기

차선은 생명선. 부부는 하나라고 하지만 서로의 개성이 다르기에 서로 존중해 주어야 합니다. 각자의 차선을 가면서 서로 도와주는 것이 바람직합니다.

• 신호 지키기

신호위반을 자주 하는 운전자는 사고를 당할 위험이 큽니다. 배우자의 얼굴이 빨간 신호인지 파란 신호인지 알고 행동해야 현명한 사람입니다. 파란 신호가 들어오기를 기다리는 인내심도 필요합니다.

• 차량 진입 금지

차가 들어가서는 안 될 길이 있습니다. 그런 길에 들어갔다가 뜻밖의 사고를 당할 수 있습니다. 부부간에 상대방의 자존심을 건드리거나 개인적인 것을 지나치게 들추어내서는 안 됩니다.

• 일단 정지

대화할 때에도 자신의 주장만 내세우면 곤란합니다. 일단정지를 하여 상대의 말을 경청하는 자세가 중요합니다.

• 정면충돌 피하기

내 차선으로 상대방의 차가 달려오는 경우가 있습니다. 나는 내 차선으로 잘 가고 있다며 그대로 달린다면 정면충돌을 피할 수 없습니다. 부부간에 내 주장만 옳다고 우긴다면 충돌을 피하기 어렵습니다. 상대가 차선을 위반하여 달려온다면, 일단 피하는 것이 현명합니다. 정면충돌은 서로 손해입니다.

• 수시로 점검하기

점검을 수시로 하다보면 전혀 생각하지 못한 데서 문제가 나타나는 수가 있습니다. 서로 문제점을 평소에 점검한다면, 호미로 막을 것을 가래로 막는 사태는 벌어지지 않을 것입니다.

사랑하는 사람의 이름을 불러 보세요

1941년 어느 날, 신경정신과 의사인 빅터 에밀 프랭클Viktor Emil Frankl (1905~1997)에게 미국 대사관으로부터 한 통의 전화가 걸려옵니다.

"빅터 프랭클 씨 이민 비자가 발급되었습니다. 찾으러 오세요."

때는 많은 유대인이 강제수용소로 끌려가던 시기였기에 유대인이었던 그에게는 생명을 보장받는 전화였습니다. 그러나 그는 쉽게 결정을 내리지 못했습니다. 비자는 자신과 아내에게만 허락되었기 때문에 결국 노부모를 남기고 떠나야 하는 것을 의미했습니다. 숙고 끝에 그는 미국행을 포기하기로 했습니다.

얼마 후 그와 아내, 부모님은 수용소에 끌려가고 맙니다. 머리는 빡빡 깎이고 죄수복에, 목숨을 연명할 정도의 음식만 먹으며 매일 극심한 노동에 시달렸습니다.

점점 몸이 망가져 서 있는 것도 신기할 정도였지만 어딘가 살아

있을 아내와 부모님만 생각하면 알 수 없는 힘이 솟아났습니다.

　오직 가족을 보겠다는 일념으로 하루하루를 버티던 그는 결국 살아남아 자유를 얻게 됩니다. 그러나 안타깝게도 그의 아내와 다른 가족은 모두 세상을 떠나고 없었습니다.

　삶의 의미를 끊임없이 되묻는 사람들은 삶의 의욕을 잃지 않으며 어떤 고통과 시련도 견뎌 낼 수 있습니다. 빅터 프랭클의 저서 『죽음의 수용소에서man's search for meaning』의 내용처럼 희망을 찾아볼 수 없었던 그곳에서 삶의 의미를 찾았던 것처럼 지금 우리에게 가장 필요한 삶의 의미는 사랑이 아닐까 싶습니다.

　빅터 프랭클이 한 이야기입니다.
　"사랑하는 사람의 이름을 불러 보십시오. 예상치도 않았던 힘이 솟아나게 될 것입니다."

《참고》————
　빅터 프랭클, 이시형 역, 『죽음의 수용소에서(man's search for meaning)』, 청아, 2005
　"사랑하는 사람의 이름을 불러 보라", 따뜻한 하루, 따뜻한 편지, 2017.8.26

자신이 먼저 변해야 세상도 변합니다

항상 자신은 변하지 않으면서

세상이 변하길 원하고 있습니다.

내 자신이 변하지 않으면 세상도 절대로 변하지 않습니다.

내가 변하고 자신의 마음을 바꿀 때

비로소 세상도 변하고 있다는 것을 느낄 겁니다.

자신의 마음이 굳게 닫힌 상태에서

세상의 다른 사람들에게만 원망하고 변하기를 바란다면

그것은 곧 혼자만의 이기적인 생각이 아닐까요?

남을 비방하기 전에 그 사람의 입장으로 돌아가서

그렇게 하지 않았으면 안 될 이유를 생각해보십시오.

그러면 그 잘못한 사람에 대해 충분한 이해가 될 겁니다.

누구를 탓하기 전에 누구를 원망하기 전에

자신이 먼저 변하고 이해하는 마음가짐이

세상을 변하게 하고 좋은 세상으로 만들어 가는 것입니다.

이제 자신이 먼저 변하십시오.

갈등 없는 사회가 될 것이며 불행한 세상은 멀리 사라질 것입니다.

짧고도 짧은 인생이거늘

너무 인색하게 살아서야 되겠습니까?

항상 웃으며 행복하게 살아도 짧은 인생이랍니다.

※참고
맥가이버, "내 자신이 먼저 변해야 세상도 변한다"
(http://cafe.daum.net/leechoonho, 2003.11.21)

실수가 있을 때, 재기再起의 기회를

아이의 심장은 쿵쾅거렸습니다. 아버지의 서랍에서 50펜스를 꺼내 들고는 사탕 가게로 달려갔습니다. 이러면 안 된다고 생각했지만 달콤한 사탕의 유혹을 거부하기 힘들었습니다. 숨도 고르기 전에 사탕을 집고 50펜스를 내밀었습니다.

가게 주인아저씨는

"이 돈 허락받지 않고 가져온 것이지?"

라는 눈빛으로 아이를 보더니 집 전화번호를 묻고 전화를 걸었습니다.

아이의 아버지가 전화를 받았습니다.

가게 주인은 말했습니다.

"댁의 아들이 50펜스를 갖고 사탕을 사러 왔는데, 허락 없이 돈을 가져온 거 같더군요."

"아닙니다. 그 돈은 제가 방금 준 겁니다. 우리 아들은 그럴 아이가 아닙니다."

뜻밖의 용서를 받자마자 아버지가 무척 보고 싶어진 아이. 사탕을 내려놓고, 50펜스를 집어 들고 집으로 달려갔습니다.

영국 버진 그룹 회장 리처드 브랜슨Richard Branson(1950~) 회장의 이야기입니다. 훗날 최고경영자가 된 그는 자신의 경영철학을 이렇게 말합니다.

"실수가 있을 때, 재기의 기회를 주어라."

다른 사람이 남긴 상처는 아픈 못과 같습니다. 내 자신이 스스로 뽑아내야 합니다. 그래야 내 자신이 삽니다. 남이 박아놓은 못을 자기 자신이 스스로 뽑아내는 것, 그것이 용서의 또 다른 측면입니다. 용서는 상대방을 위한 것이 아니라 자기 자신을 위한 행위이기도 합니다.

🏅참고 —————
정찬구, "실수가 있을 때 재기의 기회를 주어라"
(http://cafe.daum.net/klfc/EMJL/935, 2017.4.11)
"용서와 자기 해방", 고도원의 아침편지, 2017.11.30

지금!, 꿈꾸고 행동해야

사이좋은 부부가 있었습니다. 부부는 정년 은퇴 후, 고향으로 내려가 여유로운 전원생활과 여행을 꿈꾸며 행복한 노후 생활 계획을 세웠습니다. 그러기 위해 지금은 자신들에게 한없이 인색하게 살기로 했습니다. 부부에게는 현재보다 은퇴 후 노후를 어떻게 잘 보낼지에 대한 생각뿐이었습니다.

하지만 부부는 행복한 노후를 살지 못했습니다. 남편은 정년퇴직을 2년 앞두고 폐암으로 숨을 거두었습니다. 또한, 홀로 남은 아내는 평생 함께한 남편의 빈자리 때문인지 우울증에 걸려 치료를 받아야 했습니다.

어느 날, 시집간 딸이 혼자 사는 어머니의 집을 찾았습니다. 청소하던 중에 벽장 속에서 종이 상자를 발견했습니다. 종이 상자 안에는 전원생활에 대한 계획과 여행안내 책자가 있었습니다.

딸은 차마 그것들을 치우지 못했습니다. 부모님의 이루지 못한 꿈과 노후 계획들이 가득 차 있어서 감히 들 수조차 없을 만큼 무겁게 느껴졌습니다.

인생을 살면서 어떤 목표를 정하고 계획을 세우지 않는 것은 나침이도 없이 망망대해를 항해하는 것과 같다 하겠습니다. 하지만 모든 것이 계획대로 되지 않는 것이 인생입니다. 가끔은 가슴 저리게 사랑하고 오늘을 즐기십시오. 가끔은 가슴 저리게 꿈꾸고 행동하십시오.

계획만큼 중요한 것은 소중한 사람들과 오늘을 행복하게 살아가는 것입니다. 인생에서 지금 이 순간은 다시 오지 않습니다. 현재를 행복하게 사는 법을 배울 필요가 있습니다. 지금 어떤 상황이든, 무엇을 하든 즐거운 마음으로 일하면서 행복한 나날이 되도록 살아가야 합니다.

🏆참고 ————
"지금 꿈꾸고 행동하십시오", 따뜻한 하루, 따뜻한 편지, 2017.3.28

노력하여 되지 않는 일은 없습니다

뉴욕타임스(2010년 9월 3일자)는 5년 동안 950차례 필기시험을 보고, 또 10번의 도로주행과 기능시험을 치러 2종 보통 운전면허를 딴 차사순 할머니의 이야기를 다뤘습니다. 차사순 할머니는 현대자동차의 차車 기부 캠페인 광고의 첫 모델로 등장, 960차례의 운전면허 도전 실화가 알려지면서 유명인사가 되었습니다.

뉴욕타임스는 "산골마을에 사는 차사순(69세) 할머니 덕분에 전라북도 완주군이 유명세를 타고 있다."고 기사를 시작했습니다. 이어 "차 할머니는 운전면허 시험에서 수 백 번 떨어졌지만 포기하지 않았고, 결국 960번 도전 끝에 면허를 땄다."며 "2005년 4월부터 3년 동안 하루에 한번, 주 5일을 연습했다."고 차사순 할머니의 도전기를 전했습니다.

당시 차사순 할머니는 면허를 따기 위해 전주에 있는 운전면허 학원을 매일 방문, 시험을 치른 것으로 알려졌습니다. 차 할머니가 면허를 따기 위해 쓴 인지대와 교통비, 식대 등은 총 2,000여 만 원에 달하는 것으로 알려져 놀라움을 사기도 했습니다.

또 "차 할머니가 면허를 땄을 때 운전면허 학원의 모두가 뛰쳐나와 할머니를 얼싸안고 기뻐하며 꽃을 줬다."며 "지난 5월 차 할머니가 면허를 따자 현대-기아 자동차 그룹은 축하메시지를 받는 온라인 캠페인을 시작했고, 8월초 현대자동차는 2천만 원 상당의 자동차를 할머니에게 선물했다."고 이 같은 미담美談을 상세히 소개하였습니다.

끝으로 차사순 할머니의 인터뷰 중 일부를 실었습니다. 차 할머니는 "네 명의 아이를 키우느라 너무 바빴다. 이제 애들이 자라서 모두 분가하고 남편은 몇 년 전에 세상을 떠났다. 그제야 나에게 (운전면허를 딸) 시간이 생겼다."며 "면허를 따면 손주들을 데리고 동물원에 가고 싶다."는 바람을 전하기도 했습니다.

참고

이혜미 기자, "노력하여 되지 않는 일은 없습니다", 헤럴드경제, 2010.9.6

왜, 가난이 부끄러워요?

달동네 소년은 철봉에 매달려 하늘을 바라봤습니다. 아득하게만 느껴지던 파란 하늘. 10년의 세월이 흘러 소년의 꿈은 마침내 그 하늘에 닿았습니다. 소년의 이야기는 '민들레 꽃씨'가 되어 '희망'으로 퍼지고 있습니다. 양학선(한체대·20세) 선수를 2012년 8월 10일 런던 올림픽선수촌에서 만났습니다.

부모님께서는 "달동네에 사는 게 아들에게 누가 되지는 않을까?" 염려한다고 하였더니 하는 말이 곱습니다.

"부모님이라면 다 그러실 것도 같아요. 전 한 번도 집이 가난하다는 사실이 부끄러웠던 적은 없어요. 제가 광주체고를 다닐 때에요. 미장일을 하시는 아버지(53세)께서 학교 기숙사 공사장에서 일하셨거든요. 체육관에 가다보면 아버지가 보이곤 했어요. 그 때마다 아버지께

달려가서 반갑게 인사했어요. 부모님이 창피하다고 느껴본 적은 없어요. '가난해서 뭘 못했다.'라는 말은 핑계가 아닐까요? 부모님은 제게 돈보다 더 중요한 것을 물려주신 분들이에요."

"중3 겨울방학 때 가출했었어요. 운동이 너무 힘드니까, 운동 안 하는 친구들이 부럽더라고요. 집에 돌아오니까, 어머니께서 '그렇게 힘들었느냐?'며 오히려 저를 다독여주셨어요. 펑펑 눈물을 흘리시던 모습 잊을 수가 없어요. 운동하면서 왜 힘든 때가 없었겠어요. 그때마다 저를 위해 우시던 어머니 모습이 생각나서 도저히 포기할 수가 없었어요."

"재능은 있는데 저처럼 삐딱하게 나가려고 하는 후배가 있다면, '지금 그만두면 그간의 노력이 다 날아가잖아. 끝까지 꿈을 꿔보자.' 라고 말할 것 같아요."

언제부터 체조 재능이 있음을 알았느냐는 질문에,

"처음에는 그냥 집에 혼자 있기 싫어서 철봉에서 놀았어요. 초등학교 때부터 남들보다 체조 기술을 빨리 배우긴 했던 것 같아요. 중학교 올라갈 때였어요. 쓰카하라 더블(손 짚고 옆 돌아 몸을 펴고 두 바퀴 비틀기. 양학선이 금메달을 딸 때 구사한 쓰카하라 트리플보다 한 바퀴 덜 도는 기술)을 시도해봤는데 되더라고요."

"일단 4년 뒤 올림픽에서도 다시 금메달에 도전하려고요. 후에는 한체대에서 교수를 하는 게 꿈이에요. 체조를 더 쉽게 이해할 수 있도록 연구하고 싶어요. 살면서 아쉬웠던 적은 있지만, 한 번도 절망한 적은 없었거든요. 앞으로도 부모님께서 가르쳐주신 대로, 예의 바르고 겸손하게 살겠습니다."

참고
전영희 기자, "가난이 왜 부끄러워요?", 스포츠동아, 2012.8.11

강자에게 핸디캡을 줍니다

핸디캡handicap의 어원은 스코틀랜드 사람들 사이에서 비롯되었다고 합니다. 여기서 캡cap은 영어로 모자를 뜻합니다. 옛날, 스코틀랜드 사람들이 모여 술자리를 가지면, 술자리가 끝날 즈음에 누군가 술값을 내자며 모자를 벗어들고 "핸드 인 어 캡Hand in a cap!" 하고 소리쳤다고 합니다. 그러면 모두들 자기 주머니에서 돈을 꺼내 모자 속에 던져 넣었답니다. 누가 얼마를 넣든 상관이 없고, 자기 형편에 맞추어 내면 되는, 공평하고 마음 편한 방법이었답니다.

핸디캡이란 말은 1750년 경마競馬에서도 등장 합니다. 옛날 영국에서 경마는 귀족의 놀이였습니다. 하지만, 항상 같은 말이 우승하면 재미가 없어서, 말에 따라 무거운 짐을 짊어지고 달리는 아이디어를 내게 되었답니다. 하지만 자기 말이 약하다는 사실을 인정하고 싶지 않은 말 주인들은 서로 더 무거운 짐을 지겠다고 주장하였답니다. 그래서 모두의 자존심을 세워주면서도, 경기도 재미있게 진행될 수 있도록 제비뽑기를 하게 되었는데, 모자 안에 여러 종류의 무게를 적은 종이를 넣고 말 주인들이 하나씩 뽑도록 하였답니다. 여기서, '모자에 손을 넣는다.'라는 영어 "Hand in a cap"이 한 단어가 되어 핸디캡handicap이 되었다고 합니다.

최근엔 경마에서 보다 골프에서 핸디캡이라는 말이 많이 사용되고 있습니다. 핸디캡은 약점弱點이나 허점虛點이 아니라 약점과 허점을 서로 보완하고 공정한 플레이를 할 수 있도록 강자에게 주는 하나의 방편이 되었습니다.

우리 모두 부족함에도 불구하고 창조주께서 부족한 우리들을 택하여 강한 자들을 부끄럽게 하려 하며, 약하여 멸시 받을 수밖에 없는 우리들을 택하여 있는 자들을 부끄럽게 하려는 은혜에 감사하며 살아가야 하겠습니다.

핸디캡은 약자에게 주어지는 것이 아니라 강자에게 주는 것입니다. 즉 부족한 점이나 핸디캡이 있다고 생각한다면 그만큼 약자弱者가 아니라 강자强者라는 뜻으로 이해하면 좋을 것입니다.

존경받는 어른을 보면 부끄럽습니다

2014년 7월 중순경 인터넷상에서 화제가 됐던 '아우디Audi 차주車主' 이야기입니다. 서울 양천구 신월동, 할머니를 대신해 손수레를 끌고 가던 7살쯤 보이는 어린 손자가 길가에 세워져 있던 독일 자동차 아우디를 긁었습니다. 고가의 차량이라 수리비가 걱정되는 상황. 할머니와 손자는 울먹이고, 주변에는 사람들이 모여들었습니다. 손수레 안에는 콩나물 한 봉지와 바나나 몇 송이가 덩그러니 놓여 있었다고 합니다. 이때 등장한 중년의 아우디 주인 부부는 오자마자 대뜸 할머니에게 머리 숙여 사과했습니다. 차를 도로변에 세워 통행에 방해가 됐고, 그 때문에 손자가 부딪혀 죄송하다고…

인터넷에 이 사연을 올린 분은 "그 분들의 인성人性이 부러웠다. 집에 오는 내내 정말 멋진 사람이라는 생각이 들었다."고 적었습니다.

그 부부에게 부러운 건 아우디를 타고 다닐 정도의 재력이 아니라 명품 인품人品입니다. 거액의 수리비를 물게 될까봐 걱정하고 있는 할머니에게 먼저 고개를 숙이며 사과하는 인품. 우리 사회에 아우디 차주는 많지만, 그런 배려심을 가진 이들은 많지 않습니다.

　품위 있게 늙어가는 사람들, 나이 들수록 존경받는 어른들을 보면 기분이 좋아지면서 그렇지 못한 제 자신이 부끄럽습니다. 스스로 부끄럽지 않기 위해선 젊은 시절부터 준비가 필요하다고 봅니다. 자신이 진정 좋아하는 일이 무엇인지 일찌감치 깨닫고, 최선을 다하는 것이 첫걸음입니다. 쉬운 일은 결코 아닙니다. 그래서 종종 어떤 일을 하다가 '재능이 없어 포기해야겠다.'는 말을 합니다. 하지만 어떤 일을 꾸준히 하게 되는 힘은 재능이 아닌 열정입니다. 그 일을 하루 종일, 아니 평생을 바쳐 할 만큼 좋아하느냐에 달려 있습니다. 좋아하는 일을 하다 보면 잘하게 되고, 새로운 길이 생깁니다. 자연스레 돈도 벌게 됩니다. 그리고 마음의 여유와 배려심도 생깁니다.

　바쁜 하루하루의 생활에 지친 몸과 마음을 내려놓고, 품위 있게 늙어갈 자신의 미래를 상상해 보면 좋겠습니다.

참고
한승주, "품위 있게 늙는다는 것", 국민일보, 2014.8.2

악성 댓글도 테러입니다

"인터넷은 보기조차 싫다." 2007년 1월 21일 자살한 가수 유○의 어머니가 절규하며 외친 한마디입니다. 자살 원인 중 하나로 거론된 누리꾼들의 악성 댓글 때문입니다.

2007년 2월 10일 스스로 목숨을 끊은 배우 정○○의 경우에도 인터넷에서 참기 힘든 공격을 당했다고 합니다. 이 사건을 자성의 계기로 삼아 아름다운 댓글 달기 운동이 활발하게 전개되기도 했습니다. 2007년에 선보인 공익광고에서는 이런 악성 댓글을 '테러'로까지 규정하고 있습니다.

2005년 '천f의 얼굴'이라는 제목으로 여러 가지 가면을 쓴 누리꾼의 모습을 보여주며 인터넷 예절을 강조했던 공익광고에서 좀 더 강도를 높인 것입니다. 이처럼 공익광고는 올해도 우리 사회의 고민과

자화상을 그대로 보여주고 있습니다. 앞으로는 밝은 일들만 가득하기를 기대하여 봅니다.

전쟁터를 방불케 하는 화면 위로 "상처·고통·좌절·눈물"이라는 자막이 뜹니다. 그리고 "테러보다 더 잔인한 테러, 바로 당신의 악성 댓글입니다."라는 내레이션이 흐릅니다.

아이를 부둥켜안고 우는 엄마의 표정과 얼굴을 감싸는 할아버지의 모습이 잔혹한 테러의 상처를 보여주고 있습니다. 그런데 이것보다 더 무서운 것이 바로 악성 댓글이라고 공익광고는 말합니다.

그도 그럴 것이 댓글 탓에 심한 정신적 충격을 받고, 우울증에 걸리거나 심지어 막다른 선택까지 생각하는 사람들이 생겨나고 있기 때문입니다.

이제 악성 댓글 대신 선플(아름다운 댓글)을 통해 아름다운 세상을 열어가야 하겠습니다.

참고
이방헌 기자, "죽음까지 몰고 가는 악성 댓글은 테러", 일간스포츠, 2007.12.28

단 하나뿐인 당신

로마제국 말기 철학자이자 사상가인 성 아우구스티누스Sanctus Aurelius Augustinus(354~430)는 말했습니다.

"인간은 높은 산과 바다의 거대한 파도와 굽이치는 강물과 광활한 태양과 무수히 반짝이는 별들을 보고 경탄하면서 정작 가장 경탄해야 할 자기 자신의 존재에 대해서는 경탄하지 않는다."

이 말은 산, 바다, 태양, 별들 세상 그 어느 것보다도 바로 우리 자신이 단 하나뿐인 가장 귀한 걸작품이라는 것입니다.

"자신의 외모를 바꿀 수 있다면 바꾸시겠습니까?"

어느 여론조사 기관이 실시한 설문조사에 의하면 상당수의 남성과 여성들이 바꿀 수 있다면 자신의 외모를 바꾸겠다고 대답했습니다.

어떻게 보면 대부분의 사람이 자신의 외모를 포함하여 자신의 존재나 인생에 만족하고 있지 못하다는 증거이기도 합니다.

거울에 비친 제 자신의 모습을 바라보았습니다. 제 자신과 똑같은 얼굴, 똑같은 생각, 똑같은 행동을 할 수 있는 사람은 이 세상에 아무도 없을 것입니다.

오직 제 자신은 세상에 저 하나뿐입니다.

제 자신은 이 세상에 바로 하나밖에 없는 하늘 아래에 보통의 존재가 아니며, 유일무이한 귀한 보물입니다. 그 존재 자체만으로 '신성한 보물'입니다. 당당하게 자신감을 가지고, 가장 귀한 걸작품답게 살아가도록 해야겠습니다.

어리석은 사람은 밖으로 드러나 보이는 자신의 외모를 자랑할지 모르지만, 자신의 외모보다 자신의 내면의 마음에 더욱 관심을 가지며 살아간다면 진정 지혜로운 사람이라 인정받을 것입니다.

참고
"가장 귀한 걸작품", 따뜻한 하루, 따뜻한 편지, 2017.12.26.

마당
둘

꿈을 이루는 삶

모두가 더불어

스마트하게 사는 삶의 이야기

행복한 삶을 위한 88가지 이야기

'할 수 있다'는 용기가 없을 뿐입니다

미국의 어느 노인학교에 70대 노인이 있었습니다. 그의 일과는 그저 할 일 없이 멍하니 앉아서 하늘만 쳐다보거나 다른 노인들과 함께 이야기하는 것이 전부였습니다.

어느 날, 젊은 자원봉사자가 할아버지에게 다가가 말했습니다.

"할아버지, 그냥 그렇게 앉아 계시는 것보다 그림을 배워보시면 어떠세요?"

"내가 그림을? 에이, 나는 붓을 잡을 줄도 모르는데…"

"그야 배우시면 되지요."

"그러기엔 너무 늦었어. 나는 일흔이 넘었는걸…" 젊은 자원봉사자는 할아버지에게 다시 말했습니다.

"제가 보기엔 할아버지의 연세가 문제가 아니라 할 수 없다고 생각하는 마음이 더 문제 같은데요?"

젊은이의 말을 가만히 듣고 있던 할아버지는 결심했습니다. 그리고 곧 미술실을 찾아 그림을 배우기 시작했습니다. 그림을 그리는 일은 생각했던 것 이상으로 재미있었습니다.

이 새로운 일은 할아버지의 인생을 풍요롭게 장식해 주었습니다. 이후 많은 사람의 격려 속에서 수많은 그림을 남겼으며 101살의 나이에 22번째 전시회를 마지막으로 삶을 마쳤습니다. 이 할아버지가 77세에 처음 붓을 잡은 바로 '미국의 샤갈'이라 불리던 미술가 해리 리버맨Harry Lieberman(1880~1983)입니다.

많은 사람이 막상 새로운 일을 배우는 것도, 시작하는 것도 두려워합니다. 하지만 늦었다 하는 그때가 가장 빠른 때이며, 아무리 늦게 시작해도 시작하지 않는 것보다 낫습니다. 살면서 무엇 때문에 할 수 없는 게 아니고, '할 수 있다.'는 용기가 없을 뿐입니다.

参고
"할 수 있다는 용기가 없을 뿐이다, 따뜻한 하루, 따뜻한 편지, 2017.3.11

예측은 믿을 수 없습니다

1960년대 중반 프랑스 남부 아를 지방. 이곳에 살던 잔느 칼망 할머니에게 어떤 변호사가 제안합니다. 할머니가 살던 아파트를 변호사가 사기로 한 것입니다. 그런데 매매조건이 좀 특별했습니다. 잔느 칼망 할머니가 살아계신 동안 매달 2,500프랑을 지급하고, 그녀가 사망한 후에 소유권을 넘겨받기로 한 것입니다.

계약조건은 두 사람 모두를 만족하게 했습니다. 별다른 소득이 없던 90세의 잔느 칼망 할머니 입장에서는 자신의 집에 살며 죽는 순간까지 매달 일정한 수입이 생기게 되었으며, 변호사도 갑자기 큰 목돈을 들이지 않고서도 집주인이 될 수 있었기 때문입니다.

하지만 변호사의 예측은 보기 좋게 빗나가고 말았습니다. 1년, 2년, 10년, 20년, 30년…, 1995년 변호사가 77세에 사망하게 되는 상황에서도 잔느 칼망은 여전히 살아 계셨습니다.

변호사는 무려 30년 동안 매달 약속한 금액을 꼬박꼬박 지급했지만, 죽는 순간까지 집주인이 될 수 없었던 것입니다. 결국, 계약은 변호사가 죽은 다음 가족들이 승계 받았습니다. 그때까지 낸 돈이 집값의 두 배가 넘었습니다.

변호사가 사망한 다음에도 잔느 칼망 할머니는 2년을 더 사셨습니다. 그리고 1997년 8월 4일 122세의 나이로 사망했으며, 세계 최장수자로 기네스북에 등재되었습니다.

살아가면서 하는 수많은 예측은 불확실성을 동반합니다. 정확한 예측은 거의 불가능하다는 이야기입니다. 하지만 순간마다 자신의 이익만을 생각한 예측보다 함께 원-원win-win 하는 결과로 진행한다면 빗나가지 않는 경우가 더 많을 것입니다.

미래를 예측하려고 하는 것은 밤중에 시골길을 자동차 전조등도 켜지 않고 달리면서 뒷 창문으로 밖을 보려는 것이나 다름없다 하겠습니다.

참고
"잔느 칼망 할머니", 따뜻한 하루, 따뜻한 편지, 2017.8.16

선택의 기준

아브라함과 롯은 삼촌과 조카 사이입니다. 일찍 아버지를 여읜 롯은 삼촌인 아브라함의 보호아래 장성 하고 큰 부를 이룹니다. 아브라함에게도 양과 소떼가 많았고 롯에게도 양과 소떼가 많아 풀과 물을 찾기 어려워져 두 사람의 목자들이 서로 다투는 사태까지 일어나니 함께 살수가 없게 되었습니다.

그래서 두 사람은 각자의 길을 가기로 하고 갈 길을 정하게 됩니다. 아브라함과 롯은 넓은 들판을 눈앞에 두고 갈 길을 정합니다. 아브라함이 롯에게 제안하기를 네가 오른쪽으로 가면 나는 왼쪽으로 가고 네가 왼쪽으로 가면 나는 오른쪽으로 가겠다고 합니다. 이때 롯은 들판을 둘러보고 물이 넉넉하고 풍요로운 동산 같은 요단의 들판을 선택합니다. 아브라함은 자신의 제안대로 그 반대인 가나안 땅에 남게 되었습니다. 같은 장소에서 선택하여 갈라진 두 사람의 끝은 전혀 달랐습니다. 롯은 훗날 창조주의 심판을 받는 소돔과 고모라까지 이르게 되고 아브라함은 창조주와 동행하는 삶을 살게 됩니다.

오늘 우리의 앞에도 이와 같은 두 길이 펼쳐져 있습니다. 우리 앞에는 생명과 복의 길, 그리고 사망과 저주의 길이 열려 있습니다. 어느 길로 갈 것인지는 자기 자신에게 달려 있습니다. 그런데 문제는 생명과 복의 길이 제대로 보이지 않는다는 것입니다. 눈앞에 펼쳐진 넓은 들판에서 물이 넉넉해 보이고 풍요로운 동산 같아 보였지만 결국 멸망하게 될 소돔과 고모라를 선택한 롯처럼 우리도 제대로 보지 못하고 제대로 판단하지 못한다는 것입니다. 그래서 분별력이 필요합니다. 어느 길이 생명과 복의 길인지를 볼 수 있는 믿음의 눈이 필요합니다. 두 길 사이에서 어느 길을 택하겠습니까?

참고 ───────
백용석, "생명을 택하라!", 강남교회 주일설교, 2017.9.3

직업선택의 십계

직업을 정하는데 있어서 가장 중요한 가치를 꼽는다는 것은 어쩌면 매우 어려운 일입니다. 때로는 자신이 추구하는 가치보다 세상이 말하는 가치가 더 빛나 보일 때도 있고 소신껏 자신의 길을 찾아 걸었던 모습이 초라해 보일 때도 있습니다. 어쩌면 아직 어떤 것이 가야 할 길인지 정하지 못한 친구들도 있을 것입니다.

다음은 앞으로 진로를 정하고 삶의 목표를 정하는 데에 도움이 될 만한 글귀입니다. 시골의 한 고등학교가 개교 이래로 학생들에게 교육하는 직업선택의 10계입니다. 많은 사람들이 진짜 자신이 하고 싶은 일을 찾고 가치 있는 일을 찾아가는데 참고하고 있다고 합니다.

직업 선택의 십계

제1계명 월급이 적은 쪽을 택하라.
제2계명 내가 원하는 곳이 아니라, 나를 필요로 하는 곳을 택하라.

제3계명 승진의 기회가 거의 없는 곳을 택하라.

제4계명 모든 조건이 갖추어진 곳을 피하고, 처음부터 시작해야 하는 황무지를 택하라.

제5계명 앞을 다투어 모여드는 곳을 절대 가지마라.

제6계명 장래성이 전혀 없다고 생각되는 곳으로 가라.

제7계명 사회적 존경 같은 것을 바라 볼 수 없는 곳으로 가라.

제8계명 한 가운데가 아니라 가장자리로 가라.

제9계명 부모나 아내나 약혼자가 결사반대하는 곳이면 틀림없다. 의심치 말고 가라.

제10계명 왕관이 아니라 단두대가 기다리는 곳으로 가라.

매슬로우의 욕구 5단계 Maslow's hierarchy of needs* 중 가장 상위 욕구인 '자아실현의 욕구'가 생각납니다. 가치 있는 삶을 살기위한 노력은 본능적인 것이라고 볼 수 있겠습니다. 꼭 위와 같은 가치관을 가지라는 것은 아닙니다만 아직 엄청난 가능성을 가지고 있으니 도전과 실패를 두려워하지 말고 원하는 목표를 선택하여 굳건히 지켜나가면 하고 싶은 일, 즐기며 할 수 있을 것입니다.

---

* 매슬로우의 욕구 5단계 : 생리적 욕구 → 안전에 대한 욕구 → 애정과 소속에 대한 욕구 → 자기존경의 욕구 → 자아실현의 욕구

책이 사람을 만듭니다

미국의 워싱턴George Washington(1732~1799, 대통령 재임 1789~1797) 대통령에게 한 기자가 뉴욕시를 다 태우게 될 경우 꼭 하나를 남긴다면 뭘 남기겠느냐고 질문했을 때 워싱턴 대통령은 주저 없이 뉴욕시립 공공도서관이라고 답했습니다. 뉴욕시가 다 타더라도 도서관 하나만 있으면 이까짓 뉴욕 정도는 얼마든지 재건할 수 있다는 자신감 때문이었습니다.

한 나라의 과거를 보려면 그 나라의 박물관을 보고, 그 나라의 현재를 보려면 시장市場을 가보고, 미래를 보려면 도서관을 가보라는 말이 있습니다.

세계적인 부호富豪 빌 게이츠William Henry Gates III, Bill Gates(1955~)도 자기를 있게 한 것은 자기 마을의 도서관이었다고 이야기했습니다. 세계적인 발명왕 에디슨Thomas Alva Edison(1847~1931)도 자기는 책을 읽은 것이 아니라 도서관 전체를 읽었다고 했습니다. 힐러리Hillary Rodham Clinton(1947~)도 오늘날 자신을 있게 한 것은 어린 시절 도서관으로 틈만 나면 밀어 넣었던 자기 어머니 때문이라고 했습니다.

교육은 여전히 모든 기회의 토대입니다. 그리고 그 토대를 떠받치는 가장 기본적인 벽돌은 역시 독서입니다. 지식이 진정한 힘이요, 읽기 능력이 기회와 성공의 문을 여는 열쇠입니다.

'사람이 책을 만들지만, 책이 사람을 만든다.'라는 이야기가 있습니다. 생활을 하면서 많은 책들과 사람들의 말들을 접하게 되는데 새겨두어야 할 이야기라고 하겠습니다. 그리고 우리가 배우고 읽을 수 있는 것 가운데 가장 귀한 것을 말한다면 책을 읽을 수 있다는 사실입니다. 공부하고 일을 하다 힘들면 쉬십시오. 쉬면서 책 읽기를 권합니다.

참고 ————————————
허준혁, "위대한 Leader는 Reader였다", 허준혁의 담벼락편지, 2010.10.19
(http://cafe.daum.net/miso5844/K00W/309)

지도자Leader는 독서하는 자Reader입니다

배달음식 검색 및 주문 서비스 앱인 '배달의 민족' 기업인 '우아한 형제들' 회사에는 독특한 직원 복지제도가 있다고 합니다. 바로 제한 없는 도서구입비 지원제도입니다. 너무 부럽습니다.

직원 한 명이 월 평균 20~30만원을 쓴다고 합니다. 일부 직원은 200만원까지 쓰기도 한답니다. 이 회사 대표는 이렇게 말했다고 합니다.

"책을 많이 사면 출판 시장이 좋아집니다. 그러면 양질의 책이 많이 나올 것입니다. 우리 직원들이 좋은 책을 많이 읽으면 직원 개개인의 경쟁력이 높아져 결국 회사에 도움이 됩니다."

빠르게 변하는 디지털 시대지만 여전히 독서는 통찰력의 원천으로 꼽힙니다. 특히 지도자CEO 중에는 독서광들이 많습니다. 매 순간

의사결정을 해야 하고 본인 결정에 따라 회사의 미래가 바뀔 수 있음을 잘 알기 때문입니다. 독서의 힘을 잘 아는 지도자CEO들은 바쁜 시간 틈틈이 책을 읽습니다.

독서의 중요성을 일찌감치 간파해 경영에 도입한 이는 세종대왕입니다. 그는 대풍평大豊平의 세상을 열려면 다방면에 걸친 지식이 필요하다고 보고 '사가독서賜暇讀書, 휴가를 주어 책을 읽게 한다.'라는 제도를 도입했습니다. 성장 가능성 높은 인재들이 업무에서 완전히 벗어나 독서에 전념하게 해 창의적 방식을 나라를 이끌어 갈 대안으로 유도하기 위해서였습니다.

책을 읽는 모든 독서하는 자Reader가 모두 지도자Leader가 되는 것은 아니지만, 진정한 지도자Leader는 독서하는 자Reader만이 될 수 있습니다.

독서하는 자Reader가 지도자Leader가 됩니다.

학교에서만 공부하지 마시고 평생 공부하는 자가 되어 훌륭한 지도자가 되기를 기대하여 봅니다.

참고 ————
신수정 기자, "Leader는 Reader다", 동아일보, 2016.9.29

꿈 · 끼 · 깡

'아시아의 종달새'로 불리며 유럽 무대에서 맹활약 중인 소프라노 임선혜(1976~)를 만나면서 성공하려면 꿈과 그에 맞는 끼, 그리고 힘든 과정을 이겨낼 깡이 필요하다는 말이 자연스럽게 떠올랐습니다.

2011년 1월 20일 서울 예술의전당 콘서트홀에서 열리는 오스트리아의 빈 슈트라우스 페스티벌 오케스트라Strauss Festival Orchestra Vienna와의 공연을 위해 귀국한 그를 광화문의 한 카페에서 만났습니다.

● 어릴 적 '꿈'

주변 어른들이 '노래를 잘하네.'라고 칭찬해도 그의 장래 희망은 노래를 전문으로 하는 성악가가 아닌 노래도 잘하는 아나운서였습니다.

"아직도 아나운서에 대한 미련이 있어요. 라디오 방송을 통해 청취자에게 좋은 음악을 전달하는 진행자가 되고 싶거든요."

• 성악가의 '끼'

초등학생 때 성남시에서 여는 노래 경연대회에 나가 우승했고, 고등학교 1학년 때는 MBC가 주최한 아마추어 성악 대회인 '우리들의 노래'에 참가해 덜컥 2등에 입상하기도 했습니다.

"고 2학년 때, 성악가 고故 최대석 선생님께 테스트를 받았는데 "이런 소프라노가 어디에 있었느냐? 당장 성악을 시작해라."라고 하셨어요. 그래서 본격적으로 시작하게 됐죠."

• 도전과 배짱의 '깡'

독일 유학 중이던 1999년, 모차르트의 'C단조 미사' 공연 전날, 소프라노 한 명이 갑자기 무대에 설 수 없게 되자 그에게 출연 제의가 왔습니다. 비록 이 곡을 부른 적은 없지만 "할 수 있다."고 답한 뒤 공연장으로 이동하는 기차 안에서 '벼락치기'로 연습해, 고古음악 거장인 필립 헤레베헤Philippe Herreweghe(1947~)로부터 합격점을 받았습니다.

최근에는 '가짜 여정원사'의 스페인 공연을 며칠 앞두고 비올란테 역을 맡은 한 소프라노가 건강 문제로 출연하지 못하게 되자 그는 본의 아니게 본래 역할인 세르페타 역과 함께 1인 2역을 맡아 성공적으로 연기를 펼치기도 했습니다.

"내 나라 음악을 잘 모른다는 게 창피하더라고요. 외국에서 활동하다보니 더 그런 것 같아요. 성악가들이 자국의 가곡을 부르는 페스티벌이 내년 7월 스위스에서 열립니다. 이 페스티벌에서 일제강점기와 분단 등 조국의 아픈 역사를 알릴 수 있는 '봉선화'와 '산유화', '진달래꽃' 등의 가곡을 부르려고 합니다."

참고

임은진 기자, "'아시아의 종달새' 임선혜의 끼와 깡, 꿈", 연합뉴스, 2010.12.31

틀을 깨고 생각하기

어떤 회사 입사 시험문제에 다음과 같은 문제가 출제 되었었답니다.

당신은 폭우가 거세게 몰아치는 밤에 운전을 하고 있습니다. 마침, 버스정류장을 지나치는데 그곳에는 세 사람이 있습니다.

1. 죽어가고 있는 듯한 할머니
2. 당신의 생명을 구해준 의사
3. 당신이 꿈에 그리던 이상형

당신의 스포츠카에는 단 한명만을 차에 더 태울 수 있습니다. 어떤 사람을 태우겠습니까? 선택 후 설명하십시오.

당신은 위독한 할머니를 태워 그의 목숨을 우선 구할 수도 있을 것이고, 의사를 태워 은혜를 갚을 수도 있습니다. 그러나 이 기회가 지나고 나면 정말로 꿈에 그리던 이상형을 다시는 만나지 못할 수도 있습니다.

2백여 명의 경쟁자를 제치고 1등으로 채용된 사람이 써낸 답은 이러했답니다.

"의사 선생님께 차 키를 드리죠, 할머니를 병원에 모셔 가도록 하고, 그리고 전. 제 이상형과 함께 버스를 기다릴 겁니다."

가끔씩 우리는 자기 권리를 포기함으로써 더 많은 것을 얻을 수도 있다는 것을 잊고 살 때가 있습니다.

내가 가지고 있는 틀을 깨고 생각하기를 시작 한다면, 기대 이상의 좋은 결과들이 나타날 수도 있습니다. 오늘 무엇으로 틀을 깨겠습니까?

창조습관으로 미래를 대비하십시오

세종조에는 왜 유독 창의적 인재가 많았을까요? 과학으로는 이천과 장영실, 학문으로는 성삼문 같은 집현전 학자들, 음악에는 박연, 관료로는 황희, 그리고 국방으로는 대마도와 여진족 정벌에 성공한 최윤덕과 6진을 개척한 김종서… 등등

하늘은 이 시대에만 창의적 인재를 쏟아 부어 주신 것이겠습니까? 세종조에만 인재가 특별히 많이 태어난 것이 아니라 세종이라는 임금의 창조습관이 당시의 사람들을 창의적으로 변모시켰던 것입니다.

자신의 경험 때문에 선입관을 가지고 삽니다. 자신의 경험 밖으로 나가 생각하는 것이 거의 불가능합니다. 세종은 선입관 밖에서 생각하는데 가장 능숙했던 사람으로 창조습관을 가진 창의적인 사람이었습니다.

• 창조적 요동을 지속적으로 유지하라.

창조적 요동이란 '문제'를 인식하는 것으로, 세종은 '문제'를 보는 눈이 탁월했습니다. 왜 세종이 아닌 다른 왕들은 한글을 못 만들었습니까? 세종 이전의 어느 왕도 우리말이 한자와 맞지 않는다는 문제를 인식하지 못하였기 때문입니다.

• 창조적 다양성을 수용하라.

세종의 선입관 탈출법은 반대 의견에 관대하기였습니다. 역사상 세종조만큼 반대를 많이 한 신하들이 득실거리던 때도 없었을 것입니다. 한글 반포 후 최만리가 반대했을 때는 도가 지나쳐 세종 임금도 화가 났던 모양입니다. 그런데 죄를 묻는 방식이 귀엽습니다. 하루만 상징적으로 옥에 가두고, 다음 날 빼주었습니다.

그의 반대에 대한 관용은 도道의 경지에 이르렀습니다. 그래야 다른 신하들도 용기를 내어 말문을 열 수 있다는 것을 알았기 때문입니다. 세종은 반대가 주는 다양성의 의미를 깊이 알고 있었습니다.

• 창조적 마찰을 활용하라.

세종은 회의를 하면 꼭 싸움을 붙였습니다. 창조적 마찰을 조장했습니다. 회의에서 고위 관료들은 대체로 "아니 되옵니다."를 외쳤습니다. 집현전 학자들은 "해 봅시다."라고 우겼습니다. 세종은 어느 쪽을 편드는 것이 아니라 왜 안 된다고 하는지, 그리고 왜 해볼 만하다고 하는지, 그래서 이 둘을 통합할 방법은 없는지를 고민했습니다.

창의적인 조직이 되기 위해서는 그 조직의 구성원들이 창의적일 수록 당연히 좋습니다. 하지만 이보다 더 중요한 것은 리더의 창조습관입니다.

참고 ————
이홍(광운대 경영학과 교수), "창조습관으로 10년 후를 대비하라", 삼성그룹 사장단 회의에서 강연

모험이 빚어낸 월드컵 첫 우승

외국의 중고를 빌려 타며 맨손 도전 4년, 세계 정상에 우뚝 선 한국 썰매의 기적, 꿈을 꾸고 행동했기에 이룬 새 역사입니다.

2016년 1월 23일 캐나다에서 짜릿한 소식이 들려왔습니다. 국제봅슬레이스켈리턴연맹(IBSF) 월드컵 5차 대회에서 원윤종·서영우 선수가 남자 2인승 경기에서 우승을 하였습니다.

이번 금메달이 아시아 선수로는 처음이라고 하니 더욱 놀랍습니다. 사실 봅슬레이가 우리에게는 그다지 대중적으로 알려지거나 크게 인기 있는 종목은 아닙니다. 경기장도 없습니다. 장비가 없어 외국 선수들이 타던 중고 장비를 구입해 연습을 했습니다. 심지어는 다른 나라 선수들의 썰매를 빌려 타며 경기에 나서기도 했습니다. 2013년에야 네덜란드 '유로테크' 썰매를 처음 구입해 대회에 출전해 왔다고 합니다. 두 선수가 호흡을 맞춘 것도 불과 4년밖에 안 되었습니다.

서 선수는 말합니다. "다른 나라는 이렇게 대회가 연달아 열리면 뒤에서 썰매를 미는 역할을 하는 선수를 바꾸어 가면서 하는데, 우리는 대체 선수가 없어서 허리가 안 좋은데도 뛰었습니다." 이 말에 코끝이 찡해집니다. 그런데 벌써 세계 랭킹 1위입니다.

어떤 계산으로도 봅슬레이 우승은 점쳐질 수 없었습니다. 앞으로 나아가는 일이나 현재를 돌파하는 일은 계산을 벗어나는 일입니다. 바로 꿈입니다. 문제는 꿈을 꾸느냐? 안 꾸느냐?입니다. 꿈을 꾸기만 하는 것도 아니고, 꿈을 향해 무모함을 감당하느냐, 감당하지 않느냐의 문제입니다. 무모함을 통과하지 않고 빚어진 새로운 역사는 없습니다. 썰매도 경기장도 없던 한국의 봅슬레이가 세계에서 가장 높은 자리에 우뚝 섰습니다.

참고

최진석, "모험이 빚어낸 월드컵 첫 우승", 동아일보, 2016.1.30

전쟁고아와 정신지체 장애인의 어머니

　그녀는 1952년 동족상잔의 전화戰火를 피하기 위하여 잠시 거제도로 피난을 왔다가 7명의 전쟁고아를 우연하게 맡은 것을 시작으로 이들의 어머니가 되기로 결심하고 손수 드럼통 철판을 바닥에 깔고 흙으로 벽을 쌓아 만든 천막집에서 처음 설립한 '애광영아원'을 1978년까지 26년간 운영하여 692명을 건전한 사회인으로 배출하기도 했습니다.

　특히, 주위의 만류에도 불구하고 1978년 '애광영아원'을 정신지체인 보호시설인 '애광원愛光園'으로 전환한 후 이들을 위한 재활과 치료시설을 갖추기 위하여 그녀는 그 당시 사립기관은 정부지원을 받을 수 없도록 된 법률의 개정을 요구하며 백방으로 쫓아다니고 노력한 결과, 정부지원금을 받을 수 있게 되어 중증장애인 시설 '민들레집'을 완성하여 이들에 대한 본격적인 재활과 치료의 길을 열었습니다.

　아울러, 1989년 수상한 막사이사이상 상금 3만 달러(1,800만 원)를

‘거제애광학교’를 짓는데 모두 내 놓는 등 정신지체 장애인들이 좀 더 행복하게 살 수 있는 세상을 만들기 위해 푸른 바다처럼 넓고 깊은 사랑을 실천하였습니다.

그녀는 93세라는 고령에도 불구하고 뒷산 텃밭에 나가 아이들에게 먹일 무공해 채소를 손수 가꾸며 정신지체 장애인들이 좀 더 행복하게 살 수 있는 세상이 되길 꿈꾸고 있습니다.

그녀는 전쟁고아와 정신지체 장애인의 어머니로서 ‘애광원’을 설립하여 운영하고 있는 김임순(1925~) 원장입니다.

2007년 유관순상위원회는 “전쟁고아 보호를 위한 ‘애광영아원’과 정신지체 장애인을 위한 특수교육, 요양, 공동생활, 직업재활시설인 ‘애광원’을 설립 운영하여 헌신하고 이들의 권익증진을 위해 평생을 받친 점을 높이 평가하여 제6회 ‘유관순상’ 수상자로 김임순 원장을 선정하였다.”라고 발표하기도 하였습니다.

🏆참고 ——————
한상현, “제6회 유관순상 수상자로 애광원 김임순 원장 선정”, 뉴스타운, 2007.2.28
(http://www.newstown.co.kr)

위기는 기회입니다

아이작 뉴턴Sir Isaac Newton(1642~1727)은 유복자遺腹子로 태어났습니다. 겨우 말을 배우려고 할 때 어머니는 다른 남자와 재혼했습니다. 뉴턴은 자라면서 사과나무 아래 혼자 앉아 있을 때가 많았습니다.

그가 박사학위 과정에 들어가려고 할 때 흑사병이 번져 모든 대학이 문을 닫았습니다. 뉴턴이 낙담한 채 고향에 내려와 사과나무 아래 주저앉았습니다. 그때 사과 한 개가 '툭' 떨어졌습니다. 그는 사과를 바라보다가 "왜? 사과는 옆으로 안 떨어지고 위에서 아래로 떨어지는 걸까?"라는 의문을 갖습니다.

이 의문은 인류 과학사의 흐름을 바꿨습니다. 이 의문이 '만유인력萬有引力의 법칙'을 탄생시켰습니다. 이 법칙은 '왜why?'라는 의문에서 시작되었습니다. 뉴턴에게는 의문이 기회였습니다.

준비된 자에게는 도리어 위기가 기회가 됩니다. 그러나 준비하지 않은 자는 기회가 와도 자기의 것으로 만들지 못합니다. 그런 면에서 유비무한_{有備無患}은 만 번을 강조하여도 부족하지 않습니다.

흔히들 '위기_{危機}는 기회_{機會}이다.'라고 말합니다. 그러나 위기는 위험과 기회의 앞 글자를 따서 만들어진 단어라는 주장에 동의하지 않습니다. 죽느냐 사느냐의 위기 속에서 기회를 전혀 볼 수 없었습니다. 그 후 준비한 다음에 위기가 다시 왔을 때 알았습니다. 위기는 준비된 자에게 기회라는 것을…

부정적인 사람은 위기가 찾아왔을 때 포기할 생각부터 합니다. 이런 사람은 성공할 수 없습니다. 반면에 긍정적인 사람은 위기가 찾아왔을 때 도전할 생각을 합니다. 성공의 길은 도전하는 자에게 열려 있습니다. 위기는 위험하지만 그 만큼의 기회를 내포하고 있기 때문에 어떻게 대응하느냐에 따라 성공과 실패가 좌우됩니다. 위기는 기회입니다.

참고

염두철, "위기는 기회다", 한길, 오직 한마음으로
(http://blog.naver.com/ydc0923/220798667923)
김인백, 『내 삶의 여행에 도전장을 던져라』, 에세이, 2011

꺼지지 않는 촛불

얼마 전에 미국의 신문인 뉴욕 타임즈에서 '세계 최고의 인물이 누구인가?'라는 설문으로 조사했습니다. 이 설문조사에서 세계 최고의 인물로 선정 된 사람은 바로 종교개혁을 시작한 마틴 루터Martin Luther(1483~1546)였습니다. 암흑기로 불리는 중세 1,000년을 깨고 새 역사를 시작한 인물이라는 것이었습니다. 종교의 이름아래 인간의 이성을 누르고 자유를 억압했기에 중세를 어두움의 시대라고 하는데 이 중세가 루터의 종교개혁으로 틈이 벌어진 것입니다. 2017년은 그 종교개혁 500주년이 되는 해입니다.

유럽의 중세를 지배했던 가톨릭교회는 인간의 이성과 자유를 억압한 것만이 아니었습니다. 종교적 권력이 신앙마저도 왜곡시켰던 시기이기도 했습니다. 하나님을 향한 진실한 믿음은 찾아보기 어려웠습니다. 그 때 하나님은 당신의 뜻을 펼쳐 갈 사람을 준비 하였습니다. 그가 바로 마틴 루터입니다. 물론 루터만 있었던 것은 아닙니다. 루터보다 앞서서 개혁을 외쳤던 영국의 존 위클리프John Wycliffe(1320?~1384)나 체코의 얀 후스Jan Hus(1372?~1415) 같은 사람들이 어둠의 시대에 빛을 들기 위해 나섰습니다. 그러나 루터의 시대(1517년)에 와서 이 변혁의 물결이 온 세상에 펼쳐졌습니다.

어두움이 시대를 지배할 때, 역사는 하늘의 뜻을 바로 펼칠 사람을 예비합니다. 그 중에 한 사람이 구약에 나타나는 사무엘입니다. 사무엘이 자라던 시대는 진리와 정의와 희망이 보이지 않는 어두움의 시대였습니다. 이때에 장래 지도자 사무엘은 자라고 성장하였습니다. 역사는 시대의 어둠 속에서 정의와 평화의 빛을 높이 들 사람을 준비시킵니다. 그래서 역사를 바르게 회복되도록 합니다.

어둠의 시대에 빛을 들어냈던 사무엘이, 마틴 루터가 우리를 통해 세워지기를 기도합니다.

🏵️참고 ————
  백용석, "꺼지지 않는 하나님의 등불", 강남교회 주일설교, 2017.10.29

역경 안에 숨겨진 기회를 찾아야

역경逆境을 좋아하는 사람은 없습니다. 살다보면 역경과 도전이 있을 뿐만 아니라 개개인에게 닥쳐오는 역경과 도전은 모두 힘들고 어려운 과제인 것만은 분명합니다. 그러나 역경은 삶을 이어가기 위해서 꼭 피해야만 할 장애물이 아닙니다. 역경을 만나면 '역경과 부딪힐까 말까?'가 아니라 '어떻게 부딪힐 것인가?'를 고민해야 합니다.

사랑하는 사람이 역경을 겪지 않도록 막아 줄 것이 아니라 역경을 잘 맞이하도록 준비시키는 것이 더 중요합니다. 진짜 해害가 되는 것은 스스로의 적응력에 대해 자신을 잃게 만드는 것입니다. 이른바 결함缺陷과 위대한 창의력은 서로 가깝습니다.

역경 안에 숨겨진 기회를 찾아야 합니다. 역경을 극복하려고 지나치게 애쓰지 말고 스스로를 역경에 열어두십시오. 역경을 포용하십시오. 레슬링wrestling을 하는 것처럼 역경을 끌어안고 뒹굴기도 하십시오. 생존의 투쟁은 창조의 출발점입니다.

우리가 만들어낸 최대의 역경은 '정상正常'이라는 개념이 아닌가 합니다. 무엇이 정상입니까? '정상'이란 없습니다. '흔함'이나 '전형적인 것'은 있어도 '정상'은 없습니다. 생각의 틀을 바꿔서 '정상'이 되기보다는 조금은 부담스럽겠지만 '가능성'과 '잠재력'을 발굴해 나가야 합니다. 그러면 훨씬 많은 사람들이 잠재력을 펴게 되고 귀하고 값진 능력들을 공동체에서 발휘할 수 있게 될 것입니다. 'educate, 교육하다.'라는 단어의 의미는 'educe, 안에 있는 것을 꺼내다.'에서 나왔습니다. 즉 교육이란 잠재력을 끌어내는 것을 의미합니다.

억눌리고, 희망을 잃어버리고, 진정한 아름다움을 보지 못하는 것이 진짜 장애입니다. 하지만 희망을 심어주고 진정한 아름다움을 자신과 이웃에게 보게 해주며 호기심과 상상력을 키워나간다면 우리의 능력은 제대로 발휘될 것입니다.

손끝으로 희망을 그리다

캔버스 위에 연필이 아니라 명주실을 붙여 밑그림을 그리고 핀을 꽂아 구도를 잡습니다. 이제 그 명주실과 핀을 손으로 더듬거리며 캔버스에 나무껍질을 붙여 나갑니다. 긴 시간이 흐르고 나면 어느새 캔버스 위에 당당한 소나무가 그려져 있습니다.

앞이 보이지 않는 화가 박환(60세) 씨는 이렇게 그림을 그립니다. 그는 촉망받는 화가였습니다. 하지만, 그는 갑작스러운 교통사고로 그의 시력과 함께 많은 것을 빼앗겼습니다. 화가에게 눈은 무엇보다 소중한 신체지만 그는 시각장애 1급으로 눈앞을 비추는 전등 불빛도 보지 못하게 되어 버린 것입니다.

절망한 그는 몇 번이나 생을 포기하려고 했습니다. 하지만 용기를 내어 다시 그림을 그렸습니다. 그렇게 시력을 잃고 처음으로 그린 그림은 삐뚤삐뚤한 동그라미였습니다. 손끝의 감각만 이용해서 텅 빈 캔버스를 악착같이 채워가며 본인만의 새로운 그림을 그렸습니다.

2017년 1월, '눈을 감고 세상을 보다.'라는 제목으로 개인전을 열었습니다. 대부분 관람객은 시각장애인이 그린 것을 모르고 왔습니다. 관객들은 작품을 보며 눈물을 흘리거나 대단하다는 말을 하며 그를 붙잡고 희망을 줘서 고맙다고 했습니다.

남들보다 몇 배는 더딘 작업이 힘들지 않느냐?는 물음에 그는 이렇게 대답합니다.

"예전에는 유명해지고 부유해지고 싶어서 그림을 그렸어요. 하지만, 지금은 숨 쉬며 살아갈 수 있는 것이 감사하고 그것만으로도 삶은 충분히 살아갈 이유가 있다고 생각해요. 나는 그림으로 희망을 전달할 수 있다고 믿어요. 작업 내용도 행복과 희망에 관한 내용이죠."

참고
"눈을 감고 세상을 보다." 따뜻한 하루, 따뜻한 편지 2018.3.3

뒤돌아보지 마십시오

강원도 태백시 황지동에 있는 황지黃池연못*은 커다란 비석 아래 깊이를 알 수 없는 상지上池·중지中池·하지下池로 이루어진 둘레 100m 의 소沼로서 하루 5천 톤 가량의 물이 쏟아져 나오고 있습니다. 이 물 은 시내를 흘러 구문소를 지난 뒤 경상북도와 경상남도를 거쳐 부산광 역시의 을숙도에서 남해로 유입되고 있습니다. 황지연못은 유로流路연 장 510.36km인 낙동강의 발원지發源地로 알려져 있습니다.

예부터 이 연못에는 황 부자 전설이 전해져 오고 있습니다. 옛날 한 노승老僧이 황지연못의 자리였던 이곳 황부자의 집으로 시주를 받 으러 오자, 황 부자는 시주 대신 쇠똥을 퍼주었습니다. 이것을 본 며

---

* 『동국여지승람(東國輿地勝覽)』, 『척주지(陟州誌)』, 『대동지지(大東地志)』 등의 옛 문헌에서 낙동
강의 근원지라고 밝힌 곳입니다.(참고 : 태백시 황지연못의 안내문)

느리가 놀라서 노승에게 시아버지의 잘못을 빌며 쇠똥을 털어주고 쌀 한 바가지를 시주하자, 노승은 "이 집의 운이 다하여 곧 큰 변고^{變故}가 있을 터이니 살려거든 날 따라오시오. 절대로 뒤를 돌아보아서는 아니 되오."라고 말했습니다. 며느리가 노승의 말을 듣고 그의 뒤를 따라나섰습니다. 도계읍 구사리 산봉우리에 이르자 갑자기 집이 있는 뒤쪽에서 뇌성벽력이 치며 천지가 무너지는 소리가 들렸습니다.

며느리는 노승이 말한 "뒤를 돌아보아서는 아니 되오."라는 말을 깜박 잊고 그만 뒤를 돌아보아 돌이 되었고, 황 부자 집은 땅 속으로 꺼져 큰 연못이 되었는데, 상지가 집터, 중지가 방앗간 터, 하지가 화장실터라고 합니다. 그리고 황 부자는 큰 이무기가 되어 연못 속에 살게 되었다고 합니다. 연못은 1년에 한두 번 흙탕물로 변하기도 하는데, 이는 이무기가 된 연못 속의 황 부자가 심술을 부리는 탓이라고 전합니다.

철저마침鐵杵磨針

　속도를 중요시 하는 시대, 언제 그것을 해내느냐고 하지만, 조급
증이 우리를 여유로움과 노력에서 멀어지게 합니다. 공부라든가, 기
타 어려운 일도 단시간에 되는 법이 없습니다. 노력이 언젠가는 결실
이 되어 돌아오기에, 가끔은 조급증을 과감히 버려도 좋을 것입니다

　'마저작침磨杵作針, 도끼를 갈아 바늘을 만든다.'과 '수적천석水滴石穿, 물방울
로 바위를 뚫는다.' 그리고 '우공이산愚公移山, 어리석은 자가 산을 옮긴다.'은 '철
저마침鐵杵磨針, 쇠로 된 절구공이를 갈아서 바늘을 만든다.'과 동일한 의미의 성
어로 목표를 향해 나아가는 사람이 반드시 가져야 할 인내와 의지를
말합니다.

　당나라 때 시선詩仙으로 불린 이백李白은 서역의 무역상이었던 아
버지를 따라 어린 시절을 촉에서 보냈습니다. 젊은 시절 도교道敎에
심취했던 이백은 협객俠客의 무리들과 어울려 쓰촨성 각지의 산을 떠
돌기도 하였습니다.

이때 학문을 위해 상의산에 들어갔던 이백이 공부에 싫증이 나 산에서 내려와 돌아오는 길에 한 노파가 냇가에서 바위에 쇠로된 절구공이를 갈고 있는 모습을 보게 되었습니다. 이상하게 생각한 이백이 물었습니다.

"할머니, 지금 무엇을 하고 계신 것입니까?"

"바늘을 만들려고 한단다."

노파의 대답을 들은 이백이 기가 막혀서

"쇠로 된 절구공이로 바늘을 만든단 말씀입니까?" 하면서 큰 소리로 웃자,

노파는 가만히 이백을 쳐다보며 꾸짖듯 말했습니다.

"얘야, 비웃을 일이 아니다. 중도에 그만두지만 않는다면 언젠가는 이 쇠절구공이로 바늘을 만들 수가 있단다."

이 말을 들은 이백은 크게 깨달은 바 있어 그 후로는 한 눈 팔지 않고 공부를 열심히 하였다고 합니다.

참고 ━━━━━━━
『방여승람』(남송(南宋) 때 축목(祝穆)이 지은 지리서),
『당서(唐書)』「문예전」에 나오는 이야기

모두가 말렸던 장애인팀 창단

3월 17일 평창 바이애슬론 센터에서 열린 2018 평창동계패럴림픽 남자 크로스컨트리 7.5km 좌식 경기에서 신의현(38세, 창성건설) 선수의 금메달이 확정되자, 결승선에서 기다리던 한국 장애인 대표팀 배동현(35세) 단장은 하염없이 눈물을 쏟았습니다. 눈이 빨갛게 충혈될 정도로 눈물을 흘리며 감격에 겨운 듯 말을 잇지 못했습니다.

배동현 단장은 신의현 선수의 금메달 획득에 결정적인 역할을 한 인물입니다. 대한바이애슬론연맹 배창환 회장의 아들인 배동현 단장은 아버지의 권유를 받아 지난 2015년 민간 기업으로는 최초로 장애인 노르딕스키 실업팀을 창단했습니다.

비인기 종목인 장애인 노르딕스키 팀을 창단한 건 기업의 사회적

의무를 행해야 한다는 일념에서였습니다. 주변에선 비용만 들어가는 '돈 먹는 하마'라며 만류했지만, 배 단장은 굳은 결심으로 자기 생각을 실행에 옮겼습니다. 그는 사회에서 소외당한 이들에게 손을 내밀어야 한다는 생각으로 물심양면으로 선수들을 도왔습니다. 외국에서 열리는 국제패럴림픽위원회(IPC) 노르딕스키 월드컵 대회마다 직접 경기장을 찾아 선수들을 격려했고, 사비私費를 들여 지원했습니다.

배 단장은 "내가 선수들을 도운 게 아니라 선수들이 나를 도운 것"이라며 "선수들을 통해 많은 위로를 받았고, 삶의 가치를 곱씹을 수 있었습니다."라고 말했습니다.

2018 평창동계패럴림픽(장애인올림픽)에서 선수들이 저조한 성적을 거둘 때도 배 단장은 "결과가 중요한 게 아니다."라고 강조했습니다. 묵묵히 뒤에서 선수들을 응원하며 진심 어린 지원을 아끼지 않았습니다.

3월 17일 평창 알펜시아 바이애슬론 센터에서 열린 남자 크로스컨트리 7.5km 좌식 경기에서 금메달을 차지한 신의현 선수도 우승 소감을 말하면서 배동현 단장의 이름을 빼먹지 않았습니다.

신의현 선수는 "배 단장님이 없었다면 노르딕스키를 시작도 못 했을 것"이라고 말했습니다.

결과적으로, 신의현 선수는 금메달을 목에 걸며 수많은 장애인에게 많은 용기와 희망을 안겼습니다. 또한 신의현 선수의 금메달은 용기와 희망의 원천인 배동현 단장의 땀방울의 열매이기도 합니다.

참고
김경윤 기자, "모두가 말렸던 장애인팀 창단" 연합뉴스, 2018.3.17

마당
셋

강건한 삶

모두가 더불어
스마트하게 사는 삶의 이야기
행복한 삶을 위한 88가지 이야기

말보다 행동으로

옛날 어느 마을에 부자가 살고 있었습니다. 그런데 그는 욕심이 많고 구두쇠로 소문이 나서 마을 사람들 사이에서 평판이 안 좋았습니다.

어느 날, 부자가 지혜롭기로 소문난 노인을 찾아가 물었습니다.

"어르신, 마을 사람들에게 제가 죽은 뒤에 전 재산을 불쌍한 이웃들에게 나눠주겠다고 약속을 했는데도 사람들은 아직도 저를 구두쇠라고 하면서 미워하고 있는데, 어떻게 해야겠습니까?"

노인은 부자의 물음에 다음과 같은 이야기를 들려주었습니다.

"어느 마을에 돼지가 젖소를 찾아가 하소연을 했다네. 너는 우유만 주는데도 사람들의 귀여움을 받는데, 나는 내 목숨을 바쳐 모든 것을 다 사람들에게 주는데도 왜 나를 좋아하지 않는 거지?"

노인은 계속 부자에게 이야기를 이어갔습니다.

"그러자 가만히 듣고 있던 젖소가 돼지에게 대답하기를 나는 비록 작은 것일지라도 살아 있는 동안 해주지만, 너는 죽은 뒤에 해주기 때문일거야."

이야기를 듣고 있던 부자를 쳐다보면 노인은 다시 말했습니다.

"지금 작은 일을 하는 것이 다음에 큰일을 하는 것보다 더 소중하네. 작고 하찮은 일이라도 지금부터 하나씩 해 나가는 사람만이 다음에 큰일을 할 수 있는 것이라네."

인생에서의 중요한 과제를 '다음'으로 미루는 사람들이 있습니다.

"다음에 돈 많이 벌면 부모님께 효도할 거야."

그러나 지금 행동하지 않으면 다음에 행동하기는 더 어렵습니다. 백 번 말하기는 쉽지만 한 번 실천하기는 어렵기 때문입니다. 말만 앞세우고 행동을 다음으로 미루지 마십시오. 지금 작은 것부터 하나씩 행동해야 다음에 더 큰 일도 할 수 있습니다.

🏅참고 ————————
"말보다 행동", 따뜻한 하루, 따뜻한 편지, 2017.7.11

삶의 우선순위가 분명했던 사람

제2차 세계대전 당시, 미국 중앙정보국CIA의 전신인 미육군전략처 OSS는 한반도에 침투해 일본을 무력화시키겠다는 목표로 '냅코 프로젝트'를 계획합니다. 그런데 이 작전의 정예요원들은 다름 아닌 한국인. 그중 암호명 A의 신상은 시선을 끌었습니다. 나이 쉰에 가족을 남겨두고 특수 공작원이 되기로 한 사람, 그의 이름은 CIA 문서의 비밀이 해제되면서 세상에 알려졌습니다. 바로 유한양행柳韓洋行의 창업주로 알려진 고故 유일한柳一韓(1895~1971) 박사입니다.

유일한은 1904년 9세의 나이에 미국으로 향합니다. 일제가 대한제국의 재정과 외교를 서서히 장악해가기 시작하자, 그의 아버지는 나라를 구할 인재가 되어 돌아오라는 당부와 함께 어린 아들을 떠나보냅니다. 유일한은 미국으로 건너가 고학으로 미시간대학교와 대학원, 스탠퍼드대학교 대학원에서 수학하였습니다. 공부를 하면서도 14세 때 한인소년병학교에 입학해 군사훈련을 받았고 24세에는 필라델피아 한인대표자회의에서 서재필, 이승만과 함께 결의문을 작성하기도 했습니다. 또 재미한인들이 참여한 군사조직 '맹호군' 창설을 주도하고 OSS의 특수요원이 됐습니다. 그는 오랜 기간 준비된 독립운동가였습니다.

유일한은 어려운 시대에 살면서도 늘 희망과 용기를 잃지 않고 도전한 끝에 '세상에 이로움을 주는 기업가'라는 꿈을 실현하기 위해 1926년 주식회사 유한양행을 창업하였습니다.

사망 전 그는 "주식은 전부 학교에 기증하고, 아들은 대학까지 공부를 시켜줬으니 이제부터 자신의 길은 스스로 개척하라."는 유서를 남기기도 했습니다.

유일한 박사의 자녀를 대신해 회사를 이끈 이종대 유한킴벌리 초대회장은 "딸이고 아들이고 회사에 개입이 없었다."면서 "그분 곁에서 보니까 기본 정신이 가족을 위한 게 아니라, 머릿속에 민족이라고 하는 게 철저하게 박혀있더라."고도 말했습니다.

어떤 상황에서도 부당한 현실과 타협하지 않고 묵묵히 원칙과 양심을 지켜 나간 그의 모습은 최소한 기억해야 하는 양심과 정신은 무엇인지? 복잡한 삶에서 무엇을 우선순위로 두며 살아야 하는지? 많은 생각과 질문을 우리에게 던져주고 있습니다.

이후 나라가 주권을 되찾고도 그는 민족의 진정한 독립을 꿈꿨습니다. 그는 1964년 개인 주식을 팔아 유한공업고등학교를 설립, 어려운 형편 때문에 배움을 포기했던 청소년들이 계속 꿈을 꿀 수 있도록 돕기도 했습니다.

참고
정혁준, 『십대를 위한 롤모델 유일한 이야기』, 꿈결, 2016

과정이 정당해야

　우리는 속담과 격언에서 지혜를 얻을 수 있습니다. 그래서 속담과 격언에서 삶의 지혜를 얻는데 많은 관심들을 가집니다. 그러나 그렇지 않음도 알아야합니다.

　'꿩 잡는 것이 매'라든지 '모로 가도 서울만 가면 된다.'는 속담은 정당한 수단과 방법이 아니더라도 목적만 달성하면 된다는 것을, 정당화 시켜주는 속담이라 하겠습니다. 참으로 문제가 있는 속담들이라 봅니다. 서울을 간다고 하면서 부산이 있는 방향으로 가면 어떻게 서울로 갈 수 있겠습니까?

　정당한 방법이 아니면 정당하게 목적을 달성할 수 없습니다. 세상이 거꾸로 돌아간다고 하더라도, 부정과 불의가 난무하고, 폭력과 죄악이 가득하다 하더라도, 그 어디에도 믿을만한 사람이 없고, 의인이

고난을 당한다 하더라도, 양심을 지키며 바른 삶을 살아가야 합니다.

소돔과 고모라는 의인 열 명이 없어서 심판을 받았다고 합니다. 간혹 우리는 모순과 부조리가 가득한 이 세상을 바라보며 당혹감을 감추지 못합니다. 죄악과 불의와 고난으로 가득한 세상 속에서 양심을 지키며 살아가는 사람이라면 한 번쯤 이러한 죄악으로 물든 현실을 놓고 고민하지 않을 수 없습니다. 그래서 신神이 어디에 계시느냐? 고 묻기도 합니다.

그러나 비록 지금은 신이 침묵하는 것 같아도, 신은 분명히 선악을 구별하고 판단하고 계십니다. 악이 선을 이기는 법이 없습니다. 선이 악을 이깁니다. 이것이 역사의 교훈입니다.

법에 따라, 원칙에 따라, 바른 자세로, 정정당당正正堂堂하게 살아간다면 아름다운 세상이 그만큼 빨리 다가올 것입니다.

외모外貌에 앞서 심상心相을

중국 송宋나라 때의 명재상 범문공凡文公이 젊은 시절 당대의 유명한 역술가를 찾아갔습니다. 이 역술가는 한눈에 사람을 알아보는 재주가 있어서 집 대문에 들어서는 순간 그 사람의 됨됨이를 파악했습니다.

범문공이 역술가에게 물었습니다.

"제가 재상이 될 수 있겠습니까?"

역술가는 그런 인물이 못되니 헛된 꿈을 접으라고 했습니다. 그러자 범문공이 다시 역술가에게 물었습니다.

"그렇다면 의원은 될 수 있겠는지 다시 봐 주십시오."

역술가는 의아하게 생각했습니다.

당시에 의원이란 직업은 오늘날처럼 처우가 좋은 직업이 아니라 여기저기 떠돌아다니며 약 행상을 하는 직업이었습니다. 재상을 꿈꾸다가 아니라고 하니까 돌연 의원이 될 수 있겠냐고 묻는 범문공에게 역술가는 그 까닭을 물었습니다.

그러자 범문공이 대답했습니다.

"도탄에 빠진 백성들을 위해 제 한 몸을 바치고자 합니다. 재상이 되어 나라를 바로잡고 떠받들면 좋겠지만 안 된다고 하니 나라를 돌며 아픈 사람이라도 고쳐주고자 하는 겁니다."

이 말에 역술가는 큰 충격을 받고 말했습니다.

"대개는 사람을 볼 때 관상觀相, 족상足相, 수상手相으로 보지만 심상心相이라는 것도 있소이다. 내가 실수를 한 듯하오. 당신은 심상으로는 단연 재상감이오. 부디 힘써 이뤄 보시오."

이후 범문공은 송나라의 훌륭한 재상이 되어 후세에 크게 이름을 떨쳤습니다.

사람의 그릇과 성공은 외모에서 결정되는 것이 아닙니다. 결국은 그 사람의 됨됨이, 즉 마음으로부터 비롯되는 것입니다. 외모를 가꾸는 것도 필요하겠지만, 그보다 마음을 먼저 가꿔보는 건 어떻겠습니까?

참고
"외모보다 심상", 따뜻한 하루, 따뜻한 편지, 2017.4.25

한 걸음을 걸어도 나답게

"인생이라는 무대 위에서 넘어지지 않는 사람은 없다. 나 역시 수많은 작품을 준비하면서 넘어지지 않은 적은 한 번도 없다. 무대 위에서 화려하게 날아올랐다가 곤두박질쳐 망신을 당하는 일도 부지기수였다. 하지만 인생에서 넘어지는 건 하나도 중요하지 않다. 문제는 일어서는 것이다. 우리는 언제나 넘어진 그 자리에서 다시 시작해야 한다. 아프다고 주저앉으면 그 무대는, 그 인생은 거기서 끝난다."

2001년 처음 발레리나 강수진姜秀珍(1967~)의 상처투성이 발 사진이 공개된 후 '강수진의 발'은 학교, 기업은 물론 최고의 지식인들까지 시대의 멘토로 인정하게 만들었고 지금까지 회자膾炙되며 열정과 노력의 상징으로 자리 잡았습니다. 누구나 동경하는 화려한 무대 뒤, 상상도 못할 인고의 시간과 마주하게 되었기 때문. 여기서 한 걸음

더 나아가 강수진은 '한 걸음을 걸어도 나답게'를 통해 숨겨진 열정과 재능을 발견하고 우직한 노력으로 성장하며, 자신만의 스타일을 탄생시키고 놀라운 성과를 이루기까지의 과정, 2014년 대한민국을 대표하는 국립발레단의 예술감독에 부임해 지도자로서의 길을 걷고 있습니다.

세계무대에서 최고의 명성을 지켜온 강수진의 출발은 화려하지 않았습니다. 남들보다 늦게 발레를 시작했고, 슈투트가르트 발레단 최연소 입단 후 7년 동안이나 스포트라이트 바깥에서 군무 생활을 해야 했습니다. 하지만 그는 조급해하거나 남들과 경쟁하기보다 최선을 다하며 오직 자신과 경쟁했습니다. 토슈즈를 수백 켤레씩 갈아치우며 하루 18시간씩 연습을 이어갔고, 늘 부상을 달고 살면서도 포기하지 않고 다시 일어나 최고의 자리에 올랐습니다.

특히 강수진은 슈투트가르트 발레단에서 30년간 활동하며 경쟁에 휘둘리지 않고 정직하고 정확하고 올곧은 것이야말로 혁신의 열쇠임을 깨달았다고. 그는 국립발레단의 리더가 된 지금도 그 신념을 투철하게 지켜나가고 있습니다.

그는 세계 최고의 발레리나라는 찬사와 함께 한국 발레의 새로운 도약을 이끌고 있는 상황에서 자신의 인생 이야기 그 자체로 '다시 꿈꾸게 만드는 힘'을 전합니다. 늘 낮은 자세로 함께 땀 흘리면서 새로운 도전에 앞장서는 지도력, 오랜 경험에서 나오는 통찰이 진정성 있는 울림을 전하고 있습니다.

참고

문다영 기자, "한 걸음을 걸어도 나답게 세계최고, 강수진을 만든 건…", 헤럴드경제, 2017.8.14

강수진, 『한 걸음을 걸어도 나답게』, 인플루엔셜, 2017

엄지발가락의 기적

2015년 12월 말에, 서울 베스티안병원 병실, 백발의 남자가 침상에 걸터앉아 있다 취재하러 간 기자를 돌아봤습니다.

박운서(1939~). 행정고시, 통상산업부 차관, 한국중공업(현 두산중공업) 사장, 데이콤 회장…, 그의 40년 경력은 환자복을 걸친 마른 몸에 어울리지 않았습니다.

그가 끔찍한 사고를 당한 건 2015년 4월 19일이었습니다. 필리핀에서도 오지라 불리는 민도로 섬에서 트럭이 전복되면서 비탈로 굴렀습니다.

그는 5월 2일 의식불명인 채로 서울로 후송됐습니다. 들것에 실려 비행기에 오르기 직전 현지 의료진은 괴사壞死한 발가락들을 절단했습니다. 그가 의식을 찾았을 때 양쪽 무릎과 정강이에 철심이 박히고,

요도엔 평생 달고 살아야 할 도뇨관이 있었습니다. 오른발은 엄지발가락뿐이었습니다.

그가 민도로섬 밀림에 들어간 건 65세 정년을 맞은 2005년 여름이었습니다. 그는 15ha의 땅을 사들여 벼농사를 지었습니다. 시행착오를 거친 끝에 2.5모작으로 연간 4,000여 가마를 수확했습니다.

그 쌀로 원시적인 생활을 하는 망얀족 아이들에게 밥을 먹이고, 농사짓는 법을 가르쳤습니다.

망얀족에게 돌아가실 생각입니까?라는 질문에

"당연히 가야죠. 해야 할 일들이 남아 있습니다. 합동결혼식부터 해야 하는데… 부모들 혼인신고가 돼야 아이들 출생신고를 할 수 있고, 그래야 학교 교육을 받을 수 있거든요."

다행히 오른발에 엄지발가락이 남아 있기에 목발을 짚고 설 수 있습니다. 그는 특수 제작된 신발을 신고, 매일 오전, 오후, 저녁 30분씩 바이크 재활운동을 하며, 틈날 때마다 걷기 연습을 합니다. 기적이라 느낀 건 단순히 엄지발가락 때문이 아니라, 그가 다시 봉사의 땅에 가겠다는 마음이 기적이었습니다.

그는 지난해 펴낸 책에서 "만약 내가 여기 오지 않았다면 정치판에 뛰어들었거나 자유경쟁의 논리를 부르짖다 보수꼴통으로 몰렸거나 장관 자리 맡아보려고 주책을 떨었을 수도 있었을 겁니다. 그랬다면 이 은혜와 축복을 하나도 받지 못했을 것입니다."

병실을 나오며 그에게 고개를 숙였습니다. 77세 청년은 53kg의 몸을 일으켜 손사래를 쳤습니다.

"아입니다. 내가 뭐 한 게 있다고요. 정말 내 얘기 안 쓰면 안 됩니까?"

참고

권석천, "엄지발가락의 기적", 중앙일보, 2016.1.5

박운서, 『네가 가라, 내 양을 먹이라』, KOREA.COM, 2014

실패보다 부끄러운 것

만약 실패하는 것이 두려워 아무 것도 도전하지 않고 포기해 버린다면 아무런 발전도 없고 성공의 기쁨은 더더욱 맛볼 수 없습니다.

태권도를 1년간 배운 영준이가 국기원 승단 심사에서 품세가 잘 기억나지 않아서 꼼짝하지 않고 가만히 서 있었습니다. 행여 품세가 틀리면 창피할까봐서 그랬답니다. 그 결과는 어떻게 되었겠습니까? 어떤 일을 해야 할 때 그 결과를 걱정하고 염려하기보다 과정에 최선을 다하는 것이 중요하다는 이야기입니다. 성공은 실패의 어머니라는 말처럼 우리에게 어머니가 없다면 이 세상에 존재할 수 없는 것처럼 실패 없이는 성공도 존재하지 않는다는 것을 말합니다.

코끼리가 어려서 힘이 없을 때 사람들은 쇠사슬을 묶어 둡니다.

그러면 코끼리는 그 쇠사슬을 풀려고 노력합니다. 그런데 반복해서 시도를 하다가 어느 순간 끊을 수 없다고 생각해 버리고 다시는 노력하지 않는다고 합니다. 사실 1톤이 넘는 몸무게를 자랑하는 코끼리의 힘은 엄청나게 셉니다. 그래서 발목에 묶인 쇠사슬을 거뜬히 풀고 도망갈 수도 있는데, 코끼리는 도전하지 않고 포기한 채로 살아갑니다.

그러니 포기하는 행동이 습관이 되지 않도록 지금이라도 굳게 마음먹고 어떤 일이든지 용기를 가지고 도전해야 합니다.

발명왕 에디슨이 백열전구를 처음 공개하면서 한 이야기입니다.

"나는 1,200번 실패한 것이 아닙니다. 전구가 켜지지 않는 방법을 1,200가지나 알아낸 것입니다."

쉽게 포기하면 숨어있는 잠재력이 깨어날 수가 없습니다. 어떤 일을 잘 하기 위해서는 마음만으로는 부족합니다. 좋아하는 마음과 함께 그것을 잘하기 위해 노력하는 수고가 뒷받침되어야 잘 할 수 있습니다.

참고

조지혜, 『왜 포기하면 안되나요?』, 참돌어린이, 2014

부러워하면 지는 겁니다

사람의 키는 커야 좋고, 집은 넓을수록 좋으며, 재물은 많을수록 좋고, 싼 것이 비지떡이라며 비쌀수록 물건이 좋다고들 생각합니다. 정말 그렇습니까?

살아가면서 괴로운 것은 자기 자신과 남을 비교하기 때문입니다. 매일 '누군가' 또는 '무언가'와 '자신의 현실'을 비교하며 괴로워합니다. 사람들이 싫어하는 말 중에 하나가 남과 비교하여 이야기하는 것이라고 합니다. 남과 비교하는 그 순간부터 행복은 사라집니다. 남의 시선에 따라 행동하고 생각할수록 자기 자신에 대한 신뢰의 축軸이 약해집니다. 인정받고 싶어서, 누군가에게 지고 싶지 않아서, 자신이 옳다는 것을 증명하고 싶어서 수없이 남과 비교하면서 자신의 인생을 평가합니다. 그러면 편안해집니까? 조금이라도 삶이 나아집니까?

물론 이런 사람들도 있습니다. 무조건 참고 모든 문제를 남의 탓으로 돌리고 싶은 마음을 억누르는 사람들입니다. 평생 참고 살 수는 없는 일이기에 근본적으로 무언가를 바꾸지 않으면 해결되지 않습니다.

그것은 더 큰 것이, 더 넓은 것이, 더 많은 것이, 더 비싼 것이 좋다고 하는 대신 다른 판단 기준을 가지는 일입니다. 비싸고 큰 시계가 좋은 시계가 아니고, 시간이 정확하게 맞는 시계가 좋은 시계라고 하는 것을 받아들이는 것입니다. 다른 시계와 비교하여서는 결코 정확한 시계를 찾을 수 없습니다. 사람과 물건도 매일반입니다. 제 기능과 제 역할을 바르게 담당하는 사람과 물건이 좋은 사람이요 좋은 물건입니다.

남과 비교하여 부러워하는 순간 지는 것이라고 합니다. 그래도 비교하겠다면 어제의 자기 자신과 오늘의 자기 자신을 비교하여 얼마나 더 발전하고 있는가를 확인해 보기 바랍니다.

참고
오구라 히로시, 『비교하지 않는 삶』, 케이디북스, 2011
허식, 『하나님의 러브 레터』, 박문사, 2015, 66-68쪽

수탉이 낳은 알을 가져오라

고대 중국을 통일한 진시황은 죽음이 두려운 나머지 어느 날 감무 대신에게 무리한 요구를 했습니다.

"불로장생의 명약이라 불리는 '수탉이 낳은 알'을 가져오너라!"

집으로 돌아온 감무는 시름에 빠진 채 한숨만 내쉬었습니다. 그때 어린 손자 감라가 할아버지 곁에 다가왔습니다.

"할아버지 무슨 걱정이라도 있으세요?"

그러자 감무는 손자에게 말했습니다.

"폐하께서 수탉이 낳은 알을 가져오라고 하시는구나."

그 말을 들은 손자는 한참 생각하더니 말했습니다.

"할아버지 걱정하지 마세요! 제게 좋은 생각이 있어요. 사흘 뒤에 저와 함께 궁으로 가주세요."

사흘 뒤 할아버지와 함께 궁 앞에 도착한 손자 감라는 할아버지에게 혼자 들어갈 수 있게 해달라고 부탁했습니다. 이윽고 진시황 앞으로 간 감라가 말했습니다.

　"폐하, 저는 감무 대신의 손자 감라라고 합니다."

　진시황은 어린 감라를 보며 말했습니다.

　"그런데 왜 혼자 왔느냐?"

　"네. 할아버지가 지금 아기를 낳고 있어서 저 혼자 왔습니다."

　그 말을 들은 진시황은 터무니없는 대답에 기가 차서 말했습니다.

　"뭐라고? 남자가 어떻게 아기를 낳는단 말이냐? 어디 황제 앞에서 거짓말을 하려 하느냐!"

　"수탉도 알을 낳는데 남자라고 왜 아기를 낳지 못하겠습니까?"

　그 말을 들은 진시황은 그제야 감무에게 한 명령이 생각났습니다. 진시황은 자신의 잘못을 인정하고 감무를 불러 사과했습니다.

　오늘날 우리는 정보의 바다 속에서 수많은 지식을 갈구하며 살아가지만 정작 지혜에는 무관심합니다. 생명을 구하고 세상을 바꾸는 힘은 지혜에 있습니다.

참고 ────────
"수탉이 낳은 알을 가져오라", 따뜻한 하루, 따뜻한 편지, 2017.10.13

기도 시간, 기적의 시간

"기도에 힘쓰고 감사함으로 깨어 있으라."고 이야기합니다. 기도하며 깨어있을 때 역사는 놀랍게 변화되어 나타납니다. 그것을 알고 있는 사람들은 스스로 기도할 뿐만 아니라 협력자를 찾아 기도를 부탁합니다.

에스더가 그랬습니다. 이스라엘 사람들이 하만의 계략으로 몰살沒殺을 당할 위기에 처했을 때 모르드개의 요청대로 에스더가 왕을 만나러 가기로 했습니다. 왕이 부르지 않았는데 왕에게 나아가는 일은, 생명을 걸어야 하는 위험한 일이기도 하였습니다. 그 때 에스더는 모르드개에게 이런 부탁을 합니다. "가서 수산 성 안에 있는 모든 유다 사람들을 모으고 저를 위해 금식해 주십시오. 3일 동안 밤낮으로 먹지도 마시지도 마십시오. 저와 제 하녀들도 그렇게 금식할 것입니다. 그리고 나서 비록 법을 어기는 일이지만 제가 왕께 나아가겠습니다.

제가 죽게 되면 죽겠습니다." 생명을 건 기도를 했던 에스더와 이스라엘 민족은 놀라운 구원을 체험했습니다.

일하며 공부할 수 있게 간식 등등을 준비해 달라고 부탁하는 대신 가족들에게 기도를 부탁하고 스스로 자신을 위해 기도하기 바랍니다. 아마도 가족들이 감동을 먹고 당신을 위해 기도하며 뒷바라지에 최선을 다해 줄 것입니다.

일하고 공부하여 본인 자신만을 위해 살지 않고, 이웃과 조국과 세계 평화를 위해 최선을 다하며 열심히 노력하십시오. 일과 공부를 시작하면서 기도하고, 일과 공부를 마치면서도 기도하기 바랍니다. 기적이 일어납니다.

스몸비Smombie족에서 탈출

요즘 새롭게 생겨난 신종 언어로, 스마트폰Smartphone과 좀비Zombie의 합성어로 스마트폰만 바라보고 걷는 사람을 스몸비Smombie족이라고 합니다. 심지어 횡단보도를 건너가면서까지 스마트폰만 바라보고 걸어갑니다. 스몸비족은 일반인보다 걷는 속도가 느려서 인도에 파란 등이 붉은 등으로 바뀌는 것을 인식하지 못하여 사고 위험이 높습니다.

스몸비족의 문제는 전 세계적인 문제로 대두하고 있습니다. 그래서 스마트폰만 보고 걷는 것을 방지하기 위하여 팻말도 세워놓아 보기도 하고, 땅바닥에 주의하라는 글도 써 놓아 보기도 하지만 큰 효과를 거두고 있지 못한다고 합니다.

길거리에 사람도 많고, 차도車道에 차車들도 많이 다니기에 앞을 보며 주의하며 다녀야 합니다. 그런데 주변의 상황은 아랑곳하지 않고 스마트폰만 바라보고 걷고 있으니 얼마나 위험한 일인지 모릅니다. 앞을 보지 않고 걷기 때문에 사람과 부딪쳐 사람을 넘어지게 하는 경우도 발생합니다.

스마트폰을 보고 걸어갈 때 사고 위험이 22%나 증가한다고 합니다. 스몸비족에게는 스마트폰은 왕王이기도 하고, 친구親舊이기도 하고, 애인愛人이기도 합니다. 왕인 스마트폰이 자신을 보라고 하면 스몸비족들은 절대 순종합니다. 친구인 스마트폰이 말을 걸면 시간 가는 줄 모르고 미소를 지으며 쳐다봅니다. 그리고 애인인 스마트폰이 자신을 바라보라고 하면 거절하는 법이 없습니다.

스마트폰 때문에 버스나 전철에서 머리 숙인 사람들이 3분의 2가 넘습니다. 아마도 그들이 스몸비당을 만들어서 대권에 도전하면 그 당에서 대통령이 당선되는 것은 시간문제일 것 같습니다.

스마트폰을 스마트하게 사용하기에 스마트한 삶을 살 수 있는 시대에 살고 싶습니다.

참고
구장회, "스몸비족이여 머리를 들라", 2017.1.6
(http://blog.daum.net/koojang9/563)

베이비 인 카baby in car

운전하다보면 자주 볼 수 있는 스티커엔 "초보운전", "차안에 소중한 내 새끼 있다.", "알아서 피하세요." 등등 종류도 많습니다.

그중 '아기가 타고 있어요.'라는 스티커를 많이 볼 수 있습니다. 예쁜 디자인과 기발한 문구의 스티커를 고르는 만큼 아이의 안전을 위한 실제적인 노력을 하고 있는지 의문입니다. 아이를 안고 조수석에 타거나, 심지어 아이를 안은 채 운전을 하는 운전자도 목격할 수 있기 때문입니다.

'내 아이가 타고 있어요.'라는 스티커는 교통사고가 났을 때 있을지 모르는 영유아의 부재不在를 확인하는 일종의 알림이 역할을 하는 것입니다.

1980년 미국에서 교통사고가 났는데 부모는 이틀 만에 의식불명에서 깨어났고, 깨어난 엄마는 "우리 아이는?"이라는 말 때문에 경찰은 당황해서 폐차장과 사고 현장을 뒤져서 차량 뒷자리에서 사망한 아이를 찾았다고 합니다. 이런 일을 계기로 미국 유아용품 회사에서 캠페인 의도를 가지고 '아이가 타고 있어요.'라는 스티커를 붙인 것이 첫 계기가 되었다고 합니다.

아이를 안고 앞좌석에 탑승할 경우, 아이는 경미한 사고에도 에어백airbag의 폭발력에 의해 치명상을 입을 수 있습니다. 도로교통법 제50조 1항에는 유아(6세 미만 어린이)의 경우 유아보호용 장구(유아용 안전시트seat)를 정착한 후 좌석 안전띠를 매어야한다고 명시돼 있습니다. 이는 의무사항이며 위반 시 범칙금이 부과되기도 합니다. 중요한 것은, 아이의 안전은 스티커가 아니라 안전 운전에 의해 지켜집니다.

사족으로, '아기가 타고 있어요.'의 스티커 부착 위치는 유리창이 아니라 차량 본체에 부착하는 것이 좋다고 합니다.

참고

돌아댕기는 뇨자, "아기가 타고 있어요~스티커의 유래", 여기 가봤어?!!, 2015.3.18 (http://blog.naver.com/chj6245/220303539558)

레스피나, "변질된 '베이비 인 카' 또는 '베이비 온 보드'의 유래", 블로거 활자는 권력이다, 2015.9.1 (http://blog.naver.com/fptmvlsk/220468303789)

존심存心 손상 죄,
프라이버시privacy

웃으며 즐겁게 살았으면 하여 재미있는 유머 하나 소개합니다. 맛있게 음미해 보시기 바랍니다. 오늘도 하하하 호호호 허허허 후후후 히히히… 웃는 즐거운 하루되시기 바랍니다.

근래 새로 제정된 한국 형법(?)에 '존심存心 손상죄'라는 것이 있다는 데 들어보셨습니까? 존심을 건드리는 죄의 종류와 형량은 아래와 같답니다.

- 노점 상인에게 왜 골프 안치느냐? 라고 묻는 죄 : 징역 1년.
- 왜 강남(江南)에 살지 않느냐? 라고 묻는 죄 : 징역 3년.
- 자녀들이 모두 서울에 있는 대학에 갔느냐? 라고 묻는 죄 : 징역 5년.
- 아들·딸이 언제 결혼 하느냐? 라고 묻는 죄 : 징역 10년.
- 손자·손녀 얻었느냐? 라고 묻는 죄 : 징역 15년.

- 자식 취직했느냐? 라고 묻는 죄 : 무기징역.
- 펑퍼짐한 40대 마누라 보고, 왜 '패션 모델'로 안 나가느냐? 라고 묻는 죄 : 사형.

서로 다투다보면 상대방의 조상 탓까지 하기 쉬운데 정말로 피해야할 일의 하나임을 기억하는 것이 좋겠습니다.

공개하고 싶지 않은 사생활私生活, privacy을 심문하듯 물어보는 우리 사회의 문화를 유머러스하게 풍자한 것이라고 봅니다. 그러나 이러한 조목들이 그대로 적용될 듯한 사회 분위기로 변해가는 것 같아 아주 염려스럽기 조차합니다. 서로 조심하기에 자존심을 지켜주는 사회가 그립습니다.

참고

성은, "존심 손상죄", 2012.3.27
(http://blog.daum.net/hanjasalang/16600262)

공동체의 생존과 공존을 위해

어영대장 이완이 허생을 찾아왔습니다. 이완이 북벌의 계책을 묻자, 허생이 인재책과 명 후손들의 우대책을 제시하니, 이완이 난색을 보였습니다. 그러자 쉬운 계책이라며 방책을 제시했습니다.

"청년들을 뽑아서 머리를 깎고 호복胡服을 입혀서 중국에 보내시오. 선비는 과거를 보게 하고, 평민은 강남에 가서 장사하게 하시오. 그곳의 허실虛實을 정탐하고 그곳의 호걸들과 사귀게 하면, 천하의 일을 도모할 수 있고 나라의 수치를 씻을 수 있을 것이오."

이완은 난색을 보이며 말했습니다.

"사대부가 예법이 있는데, 머리를 깎고 호복을 입는단 말이요?"

허생은 고식적인 이완을 화를 내며 쫓아 버렸습니다.

「허생전」에 나오는 이야기입니다. 연암燕巖 박지원朴趾源(1737~1805)

이 볼 때, 중국이 청조의 지배하에 안정을 이루고 있는데도, 사람들은 청에 대한 반감으로 중국 정세가 매우 불안한 것처럼 오해하고 있었습니다. 중국뿐인가. 일본과 서방에 너무 무심하고 정보가 부족했습니다.

작은 나라가 대외관계를 어떻게 설정하고 생존할 것인가 하는 문제는 실학의 한 주제입니다. 큰 나라에 의존하는 전략은 자칫 주체성을 잃고 식민주의에 빠질 수도 있습니다. 또한 추종하는 큰 나라 외에는 차별하고 무시하는 잘못된 선민의식에 빠질 수도 있습니다. 반대로 주체성·자주성을 지나치게 강조하다 보면, 자폐自閉에 빠질 수도 있습니다. 또한 국수주의적 배타성이 표출되기도 합니다.

순혈주의와 고대사의 영광을 통해 주체성을 확보하려는 것은 이제는 위험합니다. 삼한분립의식을 버리고 단군민족의식을 갖게 된 것은 몽골제국에 저항하면서였습니다. 단군민족의식은 대일항쟁에서도 위력을 발휘했습니다. 그러나 결속감과 함께 차별의식도 만들어낼 위험이 있습니다. 공존과 공영을 위해서는 스스로의 자존감을 견지하면서도 타자에 대한 존중도 갖춰야 합니다. 세계정세의 변화에 대한 감각엔 거시적·역사적 안목이 필요합니다.

참고 ───────────
김태희, "공동체의 생존과 공존을 위해", 실학단상, 2017.9.1

피난길에 은행에 빚을 갚으러 간 사람

    은행에서 융자를 받아 작은 규모의 사업을 하던 어느 중년이 6·25 전쟁이 일어나자 바삐 피난을 떠나야 할 형편이었습니다. 그는 피난길에 오를 준비를 하던 중 자신이 빌린 돈을 은행에 갚아야 할 기일이 된 것을 알고 돈을 준비해 은행에 갔습니다.

    "여기 빌린 돈을 갚으러 왔습니다."

    은행 직원은 매우 난처한 표정으로 말했습니다.

    "빌린 돈을 갚겠다고요? 전쟁 통에 융자 장부가 어디 있는지도 모릅니다. 장부의 일부는 부산으로 보냈고, 일부는 분실됐습니다. 그래도 갚으시게요?"

    그는 잠시 어떻게 해야 할지 망설였습니다. 그는 여러 생각 끝에 돈을 건네주고 영수증을 받았습니다.

6·25전쟁이 끝난 후 그는 제주도에서 군납 사업을 시작했습니다. 생선을 공급하는 일을 맡게 되어 갈수록 공급해야 할 물량이 많아지자, 그는 원양어선을 구입해야겠다고 생각하였습니다. 그러나 수중에 돈이나 담보물이 전혀 없어 배를 구입할 수 없었습니다.

　그는 사업 자금을 마련하기 위해 은행을 찾아가 융자를 신청했습니다. 그러나 은행에서는 전쟁이 막 끝난 후라 그의 요청을 거절했습니다. 융자 받기를 포기하고 나가다가 문득 자신이 전쟁 중 피난길에 서울에서 갚은 빚이 잘 정리되었는지 알아봐야겠다는 생각이 들어 예전에 받은 영수증을 은행 직원에게 보여주었습니다. 그 영수증을 본 은행 직원은 깜짝 놀라 소리쳤습니다.

　"아! 바로 당신이군요. 피난 중에 빚을 갚은 사람이 있다고 전해 들었을 때 세상에 이런 사람도 있구나! 생각했습니다. 당신의 정직함은 은행가에서 전설처럼 회자되고 있답니다."

　직원은 그를 은행장의 방으로 인도했고 은행장은

　"당신처럼 진실하고 정직한 사업가를 만나 본 적이 없습니다."라고 말하면서 필요한 금액을 흔쾌히 융자해 주었습니다.

　그는 융자받은 사업자금과 은행권의 신용을 바탕으로 성공적으로 사업을 펼쳐 나갔습니다.

　정직의 성품으로 한국의 존경받는 경영자가 된 그가 바로 한국유

리공업주식회사의 설립자인 최태섭崔泰涉(1910~1998) 회장입니다. 전쟁 중에도 정직의 성품으로 신뢰를 얻은 그는 어려운 시기에 정직의 성품을 밑천으로 사업을 번창시켜 국내 굴지의 기업으로 키웠으며 급기야 유리를 수출하는 나라로 만들기도 하였습니다.

참고 ————————
　　최태섭, 『사랑에 빚진자』, 아가페, 1995

재물을 제대로 사용한 할머니

제주에서 출생한 김만덕金萬德(1739~1812) 할머니는 10여 살 때 뭍으로 장사를 다니던 아버지가 풍랑으로 세상을 떠나고 어머니도 충격으로 앓다가 세상을 떠나 고아가 됩니다. 그녀는 친척집으로 전전하다가 은퇴한 기생의 집에서 생활하다 기생이 되었습니다.

그녀는 자신이 양민 출신인데도 기생이 된 사실을 알고 직접 제주목사에게 호소하여 신분 환원을 허락 받기도 하였습니다.

그 뒤 독신으로 지내면서 제주 포구에 객주를 세우고 제주의 물건과 뭍의 물건을 서로 중개해주는 중간상인의 역할과 뭍의 물건을 관아에 납품하는 일까지 하면서 많은 돈을 벌었습니다. 후에는 개인 선박까지 소유하는 거부가 됩니다.

정조 17년에 2년(1793~1795)에 걸쳐 제주도에 큰 흉년이 들어 세 고을에서 굶어 죽은 사람만 6백여 명이나 될 정도였습니다. 이때 그녀는 자신의 전재산을 풀어 육지에서 쌀을 구입하여 마련한 500여 석 중 450여 석을 진휼미賑恤米*로 내놓았습니다.

당시 300여 석을 내놓은 제주 전 현감 고한록은 군수 벼슬에 오를 정도로 공을 인정받았으나 할머니의 공은 1년 후에야 조정에 알려지게 되었고, 그래서 정조 임금은 할머니의 소원을 들어주게 했습니다.

할머니의 소원은 궁궐을 구경하고, 금강산 유람을 하는 것이라 했습니다. 당시 제주도 여자들은 섬 밖을 벗어나는 것을 법으로 금지하고 있었기에 정조 임금은 57세인 할머니를 내의원의 의녀로 임명하여 한양으로 오게 하였고 큰 상과 함께 금강산 유람까지 하게 하였습니다. 할머니는 73세에 세상을 떠났는데, 유언에 따라 제주 성안이 한눈에 보이는 '가운이 마루' 길가에 매장되었습니다. 현재 김만덕 할머니의 기념탑은 제주시 사라봉 공원 내 모충사에 있습니다.

재물財物은 잘못 사용하면 재앙災殃이 되기도 합니다. 김만덕 할머니처럼 재물을 바르게 벌어 바르게 사용할 줄 아는 사람이 많아졌으면 합니다.

---

* 진휼미 : 흉년이 들었을 때, 백성을 구제하기 위해 사용하는 쌀.

누리는 자가 져야 할 의무

2014년 11월 17일부터 2015년 3월 1일까지 덕수궁 중명전重明殿에서 '난잎으로 칼을 얻다. 우당 이회영과 6형제'라는 특이한 전시회가 있었습니다. 3개월 남짓 전시하는 동안, 1만 명이 넘는 관람자들이 찾았다고 합니다. 전시회를 11월 17일에 시작한 것은 그날이 우당 이회영 선생이 만주 여순에서 순국한 날이기 때문입니다. 11월 17일을 떠올리니 '을사늑약'을 강제한 '중명전'이 겹쳐 떠올랐고, 거기에다 이회영이 을사늑약 파기를 위해 여러모로 구국운동을 벌였기 때문에 그날 그 장소에서 전시회를 열게 되었다고 합니다.

우당 이회영과 6형제들은 임진왜란 이후 정승만 9명이나 배출, '삼한갑족三韓甲族'으로 알려진 집안의 후예입니다. 나라가 망하자 그들은 수만금의 가산을 정리하여 망명, 신흥무관학교 설립 등 독립운동 자금으로 내놓았습니다. 이들은 안동의 이상룡 등 유생들과 나라 망한 책임을 이국땅의 고통스런 독립운동으로 보답하려고 했습니다. 만삭의 몸으로 압록강을 건널 수 없는 상황임에도 '왜놈' 치하에 신생아의 호적을 둘 수 없다면서 강을 건넌 안동의 김씨 양반가의 눈물겨운 사연은 지금도 우리의 눈시울을 붉게 합니다.

조선이 망할 때 나라 망한 것을 통탄하며 목숨을 끊은 자가 홍만식, 황현을 제외하고 그 몇 분이나 됩니까? 고려가 조선에 정권을 넘겨줄 때에는 그래도 두문동 72현이 있었지만, 조선이 왜족인 일본에게 망할 때에는 두문동 72현 같은 노블리스들의 집단적 항거가 없었습니다. 그래서 "조선은 망해도 더럽게 망했다."고 비아냥거리는 항간의 말이 결코 빈말이 아님을 알 수 있습니다. 대한제국이 망할 때는 두문동 72인보다 더 많은 76명에게 작위가 수여되었고, 은사금도 많은 관료들에게 주어졌으며, 일제에 의해 재임용된 구한국 관료들은 감지덕지했습니다. 이런 상황에서 수만금의 재산을 처분하고 망명객의 신세로나마 조상이 누렸던 빚을 후손된 자로서 보답하려 했으니 '노블레스 오블리주' 정신이라 할 것입니다.

🏅참고

이만열, "누리는 자가 져야 할 의무, '노블레스 오블리주'", 실학산책, 2015.3.20.

황연대 성취상
패럴림픽의 엠브이피MVP 상

황연대 박사는 3살부터 소아마비를 앓고 한쪽 다리를 절게 됐습니다. 그러나 항상 "똑바로 서라."라는 아버지 말씀에 장애에 굴하지 않고 이화여대 의과대학을 졸업하고 장애인 재활이라는 목표를 품고 한국인 최초의 장애인 여의사로, 그동안 한국장애인 재활운동에 헌신해 왔습니다.

장애인의 자립을 위해 헌신한 황연대(1938~) 박사는 1988년, 언론사 〈주부생활〉과 〈여성자신〉이 주관하는 제5회 '오늘의 여성상'을 수상하게 됐습니다. 이때 황연대 박사는 그 해에 열리는 서울 하계 패럴림픽에서 상금이 의미 있게 쓰이길 바란다며 전액을 국제장애인 올림픽위원회(IPC 당시 ICC)에 기부했고 이를 계기로 '황연대 극복상'이

제정됐습니다.

비공식적으로 이뤄지던 시상은 2008 베이징 하계 패럴림픽부터 폐막식 공식 행사로 채택되면서 이름도 "황연대 성취상Whang Youn Dai Achievement Award"으로 변경됐습니다. 장애인들이 극복 단계를 넘어 성취 단계로 나아간다는 의미를 담았습니다.

지난 1988 서울 하계패럴림픽부터 매 동·하계 대회마다 패럴림픽 정신이 뛰어난 남녀 선수 한명씩 수여합니다. 수상자에게는 순금 메달이 수여되며 패럴림픽 분야에서는 이 황연대성취상의 메달만이 유일한 75g의 순금 메달이라고 합니다.

이번 3월 18일 오후 강원도 평창의 패럴림픽의 폐회식에서도 예년과 같은 시상식이 있었습니다. 황연대 여사는 어김없이 식장을 찾아 애덤 홀(31세, 뉴질랜드)과 시니 피(29세, 핀란드)에게 상을 수여했습니다.

시상식 이후에는 30주년을 기념해 황연대 헌정 영상이 상영됐으며 뒤를 이어 역대 수상자 대표가 올림픽스타디움에 등장했습니다.

1988 나가노 동계패럴림픽에서 한국인 최초로 수상한 김미정을 비롯, 다비드 레가(스웨덴, 1996 애틀랜타 수상자), 비비안 멘털-스페이(네덜란드, 2014 소치 수상자) 등이 자리를 찾아 황연대 박사에게 메달과 기념패를 전달했습니다.

수상자 대표로 나선 다비드 레가는 "황연대 박사님은 그동안 전세계 장애인을 대표로 최선을 다해줬습니다."며 "스스로와의 싸움을 벌이는 동안 우리는 박사님과 함께 했습니다. 앞으로도 패럴림픽의 정신과 이 상의 취지를 이어가겠습니다."고 감사의 인사를 전했습니다.

참고
맹선호 기자, "'황연대 성취상 30주년'… 수상자 대표, 황연대 박사에 감사패 증정", 뉴스1, 2018.3.18.

마당
넷

신뢰의 삶

모두가 더불어
스마트하게 사는 삶의 이야기
행복한 삶을 위한 88가지 이야기

54

믿음이 없이는

너무 놀기를 좋아해서, 해가 져도 집에 돌아오지 않는 아이가 있습니다. 달래도 보고 야단도 쳐보았지만 소용이 없습니다. 어머니는 궁리 끝에 아이에게 말했습니다. "밤에는 귀신이 돌아다닌다." 그랬더니 이 아이가 해만 넘어가면 귀신같이 집에 돌아 왔습니다. 그런데 또 문제가 생겼습니다. 이 아이가 밤이 되면 바깥으로 나가지 못하는 것입니다. 심부름은커녕 화장실도 못 가는 겁보를 어찌 해야 좋겠습니까. 어머니는 다시 고민 끝에 부적符籍을 하나 만들어 품에 넣어 주며 말했습니다. "이 부적만 지니면 귀신도 맥을 못 쓴다." 이제 아이는 그 부적이 있어야 밖에 나갑니다. '귀신'이라는 거짓을 만들었기에, '부적'이라는 또 다른 거짓을 만들어야 했습니다. 이 아이가 스스로 자기 삶을 살 수 있는 성숙한 사람으로 잘 자랄 수 있을까요?

구약성경에 나오는 하박국은 의롭게 살기 힘든 세상을 고발합니다. 의로운 사람이 어려움을 당하고, 오히려 불법을 행하는 자들이 승승장구합니다. 악인이 의인을 협박하고 공의가 땅에 떨어진 세상에서, 어떻게 살아야 할까요? 의인의 길을 포기하고 적당히 타협해서 한 몸 편안하게 살면 될까요? 조금 못된 짓을 해서라도 성공하고 보아야 할까요? 그렇게 흔들리는 사람들에게 하박국은 아니라고 말합니다.

예수가 고향에 갔을 때에 예수를 알고 있는 사람들은 예수를 달갑게 여기지 않았습니다. 예수는 그곳에서 몇몇 병자들을 고쳐주기는 했지만, 아무런 기적도 행할 수 없었습니다.

예수의 기적은 그저 일방적으로 일으키는 기적이 아니었습니다. 스스로 고통을 극복하려는 사람들의 믿음이 중요합니다.

줄탁동시啐啄同時라는 말이 있습니다. 알껍데기를 안에서 두드리는 아기 새의 여린 부리와 그 소리를 듣고 밖에서 깨주는 어미 새의 단단한 부리가 만나면, 새 생명이 깨어납니다.

참고

서재경, 『복음의 길을 따라서』(마가복음과 함께하는 2017 사순절 묵상집), 만우와장공, 2017, 82-84쪽

세우고 지켜야하는 원칙

어느 날 낚시를 좋아하는 아버지와 열 살 된 아들이 낚시를 하고 있었습니다. 아버지와 아들은 몇 시간을 낚싯대 앞에 앉아 있었지만 물고기를 한 마리도 잡지 못하고 있었습니다.

낚시를 마무리하려는 순간 아버지의 낚싯대에 큰 물고기가 걸렸습니다. 아버지는 흐뭇해하며 낚싯대에 걸린 물고기를 비춰보았는데, 배가 볼록한 것이 알이 가득했습니다. 하지만 그 마을에서는 어종 보호를 위해 산란 어종 낚시를 금지하고 있었습니다.

아버지는 아들에게 말했습니다.

"아들아, 이 물고기는 풀어주고 그만 가자꾸나."

그러자 아들은 억울해하며 말했습니다.

"안 돼요. 이렇게 큰 물고기를 잡은 건 처음인데요."

펄떡이는 물고기를 내려다보는 아들의 얼굴은 울상이었습니다.

그러나 아버지는 단호하게 아들에게 물고기를 풀어줘야 한다고 말했습니다.

그 후 세월이 흘렀습니다. 아들은 중년의 나이가 되어 사업가로 크게 성공했습니다. 정직하고 모범적인 경영자로 뽑혀 여러 매체에서 인터뷰했습니다. 그는 자신의 성공 비결에 대해 다음과 같이 말했습니다.

"저는 이제껏 아버지를 따라 정직하게 살기 위해 노력했습니다. 열 살 때 아버지와 낚시를 하면서 배운 원칙이 오늘의 저를 있게 만들었습니다."

원칙이란 누가 보든 안 보든 내가 손해를 보든 이익을 보든 어떤 상황에서도 마음이 바르고 곧은 것을 말합니다. 어떤 이들은 융통성이 없다고 혹은 바보 같다고 말할지 모르지만 그렇게 미련하게, 원칙과 정직을 지키는 사람이 세상을 바꿉니다.

참고
"원칙을 세우고 지켜라", 따뜻한 하루, 따뜻한 편지, 2017.11.7

재능보다 더 중요한 태도

이탈리아에 베르톨도 디 지오반니Bertoldo di Giovanni(1420~1491)라는 조각가가 있었습니다. 그는 예술에 관심이 많은 사람조차 잘 알지 못하지만 당시 가장 위대한 조각가의 한 사람인 도나텔로Donatello(1386?~1466)의 제자였고 미켈란젤로Michelangelo di Lodovico Buonarroti Simoni(1475~1564)의 스승이었습니다.

미켈란젤로는 14세에 도나텔로의 작품성을 배우려고 베르톨도에게 왔습니다. 그 때 미켈란젤로는 이미 조각에 천재적인 재능을 보였습니다.

그러나 베르톨도는 천부적인 재능을 가진 사람이 잘 성장하기보다는 자만에 빠져 재능을 잘 발휘하지 못하는 경향이 있음을 알고 미켈란젤로가 오직 예술에만 전념하도록 엄히 교육시켰습니다.

어느 날, 베르톨도가 작업실에 왔을 때 미켈란젤로가 예술성과는 전혀 동떨어진 천박한 장난감과 같은 것을 조각하는 것을 봤습니다. 그 때 베르톨도는 망치로 그 장난감과 같은 조각품을 쳐서 산산조각 내며 소리쳤습니다.

"미켈란젤로! 재능은 값싼 것이고, 헌신은 값비싼 것이야Michelangelo, talent is cheap; dedication is costly."

헌신이란 자기 사명에 전력全力하는 것입니다. 헌신의 반대말은 곁눈질입니다. 곁눈질 없이 비전을 향해 직진해야 성공합니다. 에디슨Thomas Alva Edison(1847~1931)은 실험에 몰입하다 결혼식 날을 잊어 뒤늦게 결혼할 정도로 자기 일에 몰두해 발명왕이 되었습니다.

성공을 원하면 스스로 이렇게 질문하십시오. "나 자신은 그 일에 전심전력全心全力하고 있는가? 남에게 책임을 전가轉嫁하는 습관은 없는가? 쉽게 신용을 얻으려고 정직하지 못한 방법을 쓰고 있지는 않는가? 이 일을 하며 저 일에 기웃거리지는 않는가?"

모든 일에 최선을 다합시다. 아직 끝나지 않았습니다.

안보 · 경제 · 신뢰

공자에게 자공이 "어떻게 정치를 해야 합니까?"라고 물었습니다.

공자가 답했습니다.

"양식을 풍족하게 하고, 군비를 충분하게 하고, 백성들이 신뢰하도록 하는 것이다足食 · 足兵 · 民信之矣."

자공이 다시 물었습니다.

"부득이하게 세 가지 가운데 하나를 버려야 한다면, 어느 것을 먼저 버려야 합니까?"

"군비를 버려야한다."

"만일 부득이하게 이 두 가지 가운데 하나를 버려야만 한다면, 어느 것을 먼저 버려야 합니까?"

"양식을 버려야지. 예로부터 누구에게나 죽음은 있었던 것이나, 백성들의 신뢰가 없다면 나라는 존립할 수 없는 것이다."

물론 시대는 변했습니다. 그럼에도 공자가 말한 세 가지의 도리는 여전히 유효하다고 봅니다.

첫째는 양식입니다. 먹고사는 문제입니다. 의식주衣食住입니다. 좀 더 넓게는 정치·경제·사회적 안정을 의미한다고 해석합니다. 사회 질서의 문제이기도 합니다.

둘째는 국방입니다. 대외적 안전입니다. 외교안보 분야의 안정, 특히 우리나라의 현실을 반영한다면 남북관계의 평화적 관리가 이에 해당된다 하겠습니다.

셋째는 신뢰입니다. 믿음입니다. 국민들의 정부에 대한 믿음, 정치에 대한 믿음, 나라에 대한 믿음을 의미합니다.

물론 예나 지금이나 이 세 가지 문제를 완벽하게 충족시킬 수는 없습니다. 그러나 공자는 신뢰를 택했습니다. 개인뿐만 아니라 정치와 사회의 모든 분야에서도 믿음과 신뢰가 통하는 도덕적 수준이 높은 사회가 선진 일류 사회입니다.

거짓말은 다시 거짓말을 만듭니다

조선 후기 문필가 정수동鄭壽銅(1808~1858)의 어릴 적 이야기입니다. 더운 여름날, 정수동은 서당에서 더위로 인해 졸고 있었습니다. 이 모습을 본 훈장이 불호령을 내리며 매를 들었습니다.

며칠 후, 정수동은 훈장님이 졸고 있는 모습을 보게 되었습니다. 정수동은 훈장님을 조용히 깨우며 물었습니다.

"훈장님! 훈장님은 왜 주무십니까?"

그러자 멋쩍은 훈장이 둘러댔습니다.

"나는 잠을 자는 것이 아니라 내 나이가 먹어 자꾸만 잊어버려서 잊어버린 것을 물으러 잠시 공자님께 다녀왔다. 그것이 너에겐 자는 것으로 보였느냐?"

정수동은 순간 훈장님이 거짓말을 하고 있다는 것을 느꼈습니다. 다음 날 정수동은 훈장님이 보는 앞에서 자는 척했습니다. 또 다시 잠자는 모습을 본 훈장은 큰 소리로 말했습니다.

"수동이 이놈, 또 잠을 자는구나!"

훈장의 큰 소리에 정수동은 깨는 척하며 말했습니다.

"훈장님! 저는 잠을 자는 것이 아닙니다. 저도 공자님을 뵈러 갔을 따름입니다."

훈장은 내심 뜨끔해 하며 다시 물었습니다.

"그래? 공자님이 네게 무슨 말씀을 하시더냐?"

"네. 공자님께 며칠 전 훈장님이 다녀가셨느냐고 물었더니 오신 적이 없다고 하시더군요."

거짓말은 순간적인 위기에서 잠시 벗어나기 위해서, 혹은 자신의 목적을 이루기 위해 하게 됩니다. 하지만 거짓말은 또 다른 거짓말을 낳게 되어 눈덩이처럼 커집니다. 순간적인 상황을 모면하기 위해 거짓말을 하는 것이 아니라 솔직하게 말하고, 이해를 구하는 것이 현명합니다.

죄를 지은 친구를 숨겨주는 것이 친구를 도와주는 것이 아닙니다. 자수하게하고 진실을 밝히게 한 후 어려움을 당한 친구를 도와주는 것이 친구와의 신의를 지키는 것입니다.

🏅참고 ————————
"거짓말, 거짓말, 거짓말", 따뜻한 하루, 따뜻한 편지, 2017.7.4

잃어버린 물건을 찾은 기쁨

명절을 앞두고 내일부터 연휴라는 들뜬 생각에 퇴근을 서두르던 한 여성은 집에 돌아오고 나서야 지갑이 없어졌다는 것을 깨달았습니다.

하필이면 부모님 명절 용돈을 드릴 생각으로 은행에서 새 돈으로 준비해서 넣어둔 지갑이었습니다. 돈도 돈이지만 함께 들어 있는 신분증과 카드가 걱정되어 여기저기 찾아보았지만, 지갑을 흘린 곳을 도저히 기억해 낼 수가 없었습니다.

우울했던 명절이 끝나고 며칠이 지났습니다. 그런데 완전히 포기했던 지갑이 소포로 배달되었습니다. 지갑에 있던 돈도 신분증도 전부 그대로였습니다. 달라진 것은 편지가 한 장 있는 것이었습니다.

'당신의 지갑 속에서 한 장의 아동 사진을 보았습니다. 그리고 당신이 그 아동에게 후원하고 있다는 것을 사진 뒷장에 남겨진 메모를 통해서 알게 되었습니다. 당신은 아주 좋은 사람인 것 같아요. 그래서 저도 당신에게 좋은 일을 하고 싶습니다. 이 일이 당신을 행복하게 하고, 웃게 했으면 좋겠습니다.'

물건物件의 소유를 분류하면 나의 것이 있는가 하면, 우리의 것이 있고, 남의 것이 있을 뿐입니다. 그런데 보통은 나의 것, 우리의 것, 남의 것, 그리고 주인이 없는 물건이 있다고 생각합니다. 그런가하면 주인을 모르는 물건은 먼저 보는 자가 주인이라는 생각도 있습니다.

주인이 누구인지 모르는 물건을 발견하면, 주인이 쉽게 찾아갈 수 있도록 배려해주어야 합니다. 길에서 주인이 누구인지 알 수 없는 물건을 주워 주인을 찾아 주도록 하겠다고 경찰서에 가지고 가 맡긴다 하더라도 사회적으로 바른 소유 개념을 가지기 전에는 결코 문제가 바르게 해결될 수가 없습니다.

누군가 잃어버린 물건을 주인에게 돌려주는 일은 좋은 일을 떠나서 당연한 일이기도 합니다. 당연한 일을 좀 더 많은 사람이 실천으로 옮기게 된다면 세상을 더 아름답게 만들 수 있을 것입니다.

🏅참고
"세상을 아름답게 만드는 당신", 따뜻한 하루, 따뜻한 편지, 2018.2.8
봉리브르, "소유로부터 자유로워지는 법 6가지", 2017.7.8
(http://bonlivre.tistory.com/1124)

선약先約이 우선입니다

　'고진감래苦盡甘來, 고생은 쓰나 그 열매는 달다.'라는 말로 사람들을 격려하며 위로할 수 있었던 때가 있었습니다. 이제는 첫째도 실력實力, 둘째도 실력, 셋째도 실력이라고 말하는 시대가 되고 말았습니다. 역시 전문적인 실력과 능력이 중요하고 필요하지만, 약속約束을 잘 지키며, 언행일치言行一致하는 성실한 삶이 뒷받침이 되어야 합니다. 능력만 있고 성실하지 못하면 큰 도둑이 될 가능성이 높습니다. 성실하기만 하고 능력이 없으면 또한 무능한 사람이 될 가능성이 높습니다. 최고最高의 실력보다 최선最先을 다하는 삶이 더 인정받고 있는 것이 현실입니다.

　아빠가 오랜만에 일찍 집에 와서 오늘 저녁 외식外食하자 하고 식구들에게 제의합니다. 그러자 엄마는 오케이 하였습니다. 그런데 아들은 친구와 만나 축구를 하자고 한 약속 때문에 선뜻 오케이 하지 못하고 주춤합니다.

그때 엄마가 아들에게 하는 말입니다.

"친구하고는 또 만나 축구를 할 수 있지만, 아빠하고는 오랜만이니 아빠와 외식하러 나가는 거다."

이어서 아빠는 아들에게 선택을 강요합니다.

"친구냐? 아빠냐? 선택해!"

약속이란 장래의 일을 상대방과 미리 정하여 어기지 않을 것을 다짐하는 것입니다. 약속은 선약先約을 먼저 지키는 것이 국제사회의 원칙입니다. 그런데 우리는 중요한 것을 우선 지키는 것으로 알고 있습니다.

약속은 선약이 우선입니다. 그러면 약속을 파기하는 일이 없게 되고 모든 약속을 지킬 수 있기에 자연스럽게 믿을 수 있는 사람, 성실한 사람으로 인정받게 됩니다.

예약은 장난이 아닙니다

행사에 예약을 하는 경우가 많습니다. 예약제는 서로 좋은 서비스를 주고받을 수 있어서 좋습니다. 그런데 예약을 해놓고도 취소 연락 없이 나타나지 않는 '노쇼No-Show'가 문제입니다.

노쇼로 피해를 가장 많이 입고 있는 곳으로는 음식점 외에도 숙박, 미용 업소라고 합니다. 부끄럽게도 우리나라는 노쇼로 세계 1위를 할 정도로 문제가 심각한 상황입니다. 그렇다면, 노쇼를 해결할 수 있는 방법을 찾아 보야야 할 것입니다. 많이 나오는 해결책으로는 예약금 제도입니다.

식당 예약을 해놓고 나타나지 않아 소상공인이 재료비를 날리는 예약부도 행위, 이른바 '노쇼No-Show'를 근절하기 위한 위약금 규정이 새롭게 만들어진다고 합니다. 공정거래위원회는 위약금 관련 내용이

담긴 소비자분쟁해결기준 개정안을 행정 예고한다고 2018년 1월 1일 밝혔습니다.

개정안은 예약시간 1시간 전을 기준으로 예약 보증금 환급을 새로 규정한다고 합니다. 1시간 전에 식당 예약을 취소하면 예약 보증금을 환급받을 수 있지만 1시간 이내 취소하거나, 취소 없이 식당에 나타나지 않으면 한 푼도 돌려받을 수 없도록 위약금 규정을 마련한다는 것입니다.

예약을 지키는 손님에게 소정의 보상을 제공하는 것도 노쇼 율을 낮출 수 있는 한 방법일 것입니다. 실제로 보상의 역할은 효과가 생각보다 크다고 합니다. 식당을 운영한다면 음료 제공을, 숙박이나 미용실 등과 같은 매장일 경우에는 할인 쿠폰과 같은 방법으로 제공하면 좋으리라 봅니다.

마지막으로 서로서로 간에 철저한 예약 재확인입니다. 예약 당일까지 예약 여부를 확인한다면 노쇼가 많이 방지될 것입니다.

모든 분야에서 예약/약속 문화가 정착되어진다면 스마트한 신뢰 사회도 앞당겨질 것입니다.

참고 : 우리가게마케팅 파트너 위블, "노쇼NO-SHOW 해결법", 2018.1.11
(http://blog.naver.com/PostView.nhn?blogId=weble_local&logNo=221182972742)

정직이 최상의 정책입니다

조그마한 상점을 운영하던 사장님. 그는 직원들에게 어떠한 상황에서도 '정직'하게 물건을 팔아야 한다고 당부했습니다. 어느 날, 새로 들어온 물건이 진열된 진열장을 가리키며 직원들에게 물었습니다.

"이 물건에 대해 어떻게 생각하는가?"

직원들은 상품들을 세밀하게 살펴보고는 각자의 의견을 말했습니다.

"색상이 눈에 띄긴 하지만, 이렇다 할 특색이 없습니다."

"바느질도 허술해 보입니다."

직원들은 상품에 대해 솔직한 평을 내놓았습니다.

그러던 중, 한 중년 남성이 들어와 그 신상품을 관심 있게 살펴보았습니다. 눈치 빠른 직원 한 명이 손님에게 다가갔습니다.

"손님, 보는 눈이 있으시군요! 이 상품은 최신 유행하는 이태리 가

죽제품으로…"

직원의 열정적인 제품 설명이 끝나자 마침내 손님은 그 물건을 구매하기로 결정하였습니다.

이 상황을 지켜보던 사장은 조용히 직원에게 다가가 판매하는 것을 중단시켰습니다. 그리고 손님에게 돌아서서 정중하게 이야기하였습니다.

"손님, 지금 선택하신 물건은 그리 좋은 것이 아닙니다. 연락처를 남겨주시면, 좋은 상품이 들어왔을 때 꼭 연락드리겠습니다."

직원들은 물론, 그 손님도 놀라면서 의아한 눈빛으로 사장을 쳐다보았습니다. 하지만 이내 사장의 정직한 성품에 감탄을 하였습니다.

그는 당시 세계에서 가장 큰 상점이자 미국 최초의 백화점인 마블 포목점Dry Goods The Marble Palace 사장인 알렉산더 터니 수튜어트Alexander Turney Stewart(1803~1876)입니다.

어느 순간에나 정직하게, 최선을 다하면 부끄럽거나 민망하지 않게 될 뿐더러 좋은 결과를 얻을 수 있습니다. 정직이 최상의 정책Honest is the best policy이라는 말은 불변의 법칙입니다.

参고
이정후, "정직의 가치, 고객의 입장, 알렉산더 터니 스튜어트", 알통닷컴 이정후, 2016.2.12 (http://blog.naver.com/haneastart/220624590496)
"정직의 가치", 따뜻한 하루, 따뜻한 편지, 2016.1.7

실수하거나, 포기하지 말아야

세계적인 역사서로 알려진 『프랑스 혁명사』의 저자 토마스 칼라일Thomas Carlyle(1795~1881)에게 『프랑스 혁명사』를 완성하기 전에 있었던 일입니다.

칼라일은 수만 페이지나 되는 프랑스 혁명사의 원고를 정리한 후 친구 존 스튜어트 밀John Stuart Mill(1806~1873)에게 감수를 요청했습니다.

존은 『자유론』을 쓴 저자로 칼라일의 친구였습니다. 존은 약 1개월 동안 그의 원고를 검토한 뒤 칼라일에게 돌려주려고 원고를 찾았습니다. 그런데 아무리 찾아도 보이지 않았습니다.

존은 하녀에게 혹시 원고를 보았는지 물었습니다. 그런데 하녀는 너무나 태연히 쓸모없는 종이 뭉치인 줄 알고 벽난로 불쏘시개로 태워 버렸다는 것입니다.

존은 창백한 얼굴로 칼라일을 찾아가서 자초지종自初至終을 설명했습니다. 한 사람의 실수 아닌 실수로 칼라일은 너무나 큰 충격을 받았습니다. 2년여의 수고가 하루아침에 불쏘시개로 날아가 버린 현실 앞에서 그는 망연자실茫然自失해질 수밖에 없었습니다.

어느 날 칼라일은 산책길에서 벽돌공이 땀 흘리며 벽돌을 쌓고 있는 것을 보았습니다.

"벽돌공은 한 번에 한 장씩의 벽돌을 쌓는다. 나도 그렇게 다시 시작하면 된다. 프랑스 혁명사의 내용을 한 줄 한 줄 다시 기억하면서 벽돌을 다시 쌓는 것이다."

그 일은 지루했지만 칼라일은 꾸준히 계속하여 마침내 원고를 다시 완성하였습니다. 그렇게 완성된 원고는 불태워진 원고를 거의 완벽하게 재생시켰고, 처음의 원고 내용보다 더 잘 정리된 것이었습니다.

모든 일에 실수하지 않도록 주의해야 합니다. 그러나 더 중요한 것은 좌절과 절망으로 인해 포기할 일은 아닙니다. 새롭게 출발한 후에 나타날 영광은 이전의 고통과 비교할 수 없답니다.

최선이 아름다운 손연재 선수

2016년 8월 21일 리우데자네이루 올림픽 리듬체조 개인종합 결선에서 4위를 기록한 손연재 선수, 그녀는 메달 보다 빛나는 최선의 모습을 우리에게 보여주었습니다.

4년 만에 다시 열린 올림픽 하지만 메달을 목에 걸 순 없었습니다. 연기를 마친 뒤 전광판에 기록된 자신의 순위는 4위였기 때문입니다. 그러나 그녀는 눈물대신 웃음을 지었습니다. 손연재가 참았던 눈물을 쏟은 것은…, 모든 경기가 끝난 뒤였습니다.

"너무 힘들어서 하루에도 수십 번 그만두고 싶다는 생각이 들었지만 이겨낸 내가 스스로 대견했습니다. 많은 분이 원하셨던 메달을 따지 못했지만 4년 동안 쉬지 않고 열심히 노력해 온 끝에 런던 때보다 좋은 성적을 거둔 것 같습니다.

메달리스트는 아니지만 조금 느려도 끊임없이 노력해서 발전해 왔다는 데 자부심을 느끼고 있고, 스스로에게 점수를 준다면 100점을 주고 싶어요. 어떤 금메달보다 행복하고 모든 분들께 감사합니다."

최선이란 좌로도 우로도 치우치지 않는 오직 한가지의 길, 또는 이상이란 뜻입니다. 후회할 것이 없는 최고의 것이라고 생각하고 더 이상은 어떻게 할 도리가 없는 전심전력하는 길입니다.

최고를 택하기보다 최선을 택하며 살아가기에 살아가면서 우리들의 소감도 위와 같았으면 합니다.

🏆참고
"최선이 아름다운 연재", 사랑밭 새벽편지, 2016.9.6

오늘에 성실해야

한 골퍼가 골프장 화장실 벽에서 다음의 문구를 봤습니다.

'우리가 살아가는데 꼭 중요한 '3가지 금金'이 있습니다. 돈을 상징하는 황금, 음식을 상징하는 소금, 그리고 시간을 상징하는 지금, 이 3가지입니다.'

너무 깊은 감명을 받은 나머지 곧바로 아내에게 문자 퀴즈를 냈습니다.

"여보야, 세상 살아가는데 꼭 중요한 3가지 금이 뭐라 생각하노?"

잠시 후 아내한테서 답 문자가 왔습니다.

'현금' '지금' '입금'

황당하면서도 기분이 '확' 잡친 남편이지만 허걱거리며 다시 문자를 보냈답니다.

'방금' '쬐금' '입금'

웃자고 하는 이야기이고, 아무리 황금만능주의 세상이지만 3가지 금 중에서도 으뜸은 '지금'이라고 할 것입니다.

밀레(Jean-François Millet(1814~1875)의 명화 중에서 '만종'이라는 그림이 유명합니다. 한 농부가 교회의 종소리에 일손을 멈추고 경건한 모습으로 기도하는 그림입니다. 그런데 이 그림을 자세히 살펴보면 매우 중요한 사실 하나를 깨닫게 됩니다. 태양 광선이 비추는 곳이 농부의 머리나 교회의 종탑이 아닙니다. 태양 광선은 농기구에 초점이 맞추어져 있습니다. 밀레는 이 그림을 통해 노동의 신성함을 표현하고자 했습니다.

세상에서 가장 행복한 사람은 즐거운 마음으로 땀을 흘리며 일하는 사람입니다. 하루하루 땀을 흘려야 하고 성실해야 합니다. 세상에 공짜는 없고 인생은 심은 대로 거둡니다.

성실과 노력에 철저한 사람만큼 강한 사람은 없습니다. 어떤 분야에 뛰어난 재능을 가진 사람은, 높은 경지에 오를 수 있는 좋은 조건을 가진 사람입니다. 거기에 성실함과 노력이 더해지면 훌륭한 인재가 되는 것입니다.

이웃과 친구가 되고 싶습니다

사람들은 내 것을 먼저 챙겨야 잘 사는 거라고 말합니다. 하지만 자신보다 다른 사람을 먼저 생각하고 그들의 이익도 고려했을 때 상상했던 것보다 훨씬 더 많은 것을 얻기도 합니다.

한 마을에 이웃한 두 집이 있었습니다. 한 집은 넓은 초원에 많은 염소를 키우고 있었습니다. 그 옆집에는 사냥꾼이 살았는데 아주 사나운 개를 키우고 있었습니다. 이 사냥개는 종종 집 울타리를 넘어 염소를 공격하기도 했습니다.

염소 주인은 사냥꾼에게 개를 우리에 가둬달라고 여러 번 부탁했지만 사냥꾼은 한 귀로 듣고 한 귀로 흘렸습니다. 오히려 화를 내며 이렇게 생각했습니다.

"내가 우리 집 마당에서 키우는데 무슨 상관이야."

며칠 후 사냥꾼의 개는 농장의 울타리를 뛰어 넘어와 염소 몇 마리를 죽였습니다. 화가 난 염소 주인은 더 참지 못하고 마을의 치안판사에게 달려갔습니다.

염소 주인의 사연을 들은 치안판사는 "사냥꾼을 처벌할 수도 있고 또 사냥꾼에게 개를 가두도록 명령할 수도 있습니다."라고 말했습니다.

그리고는 생각에 잠긴 판사는 이렇게 물었습니다.

"하지만 당신은 친구를 잃고 적을 한 명 얻게 될 겁니다. 적과 이웃이 되고 싶으신가요? 아니면 친구와 이웃이 되고 싶으신가요?"

"당연히 친구와 이웃이 되고 싶죠?"

"잘됐군요. 한 가지 방법을 알려 드릴테니 그렇게 해보십시오. 그럼 당신의 염소도 안전하고 좋은 이웃도 얻을 수 있을 겁니다."

판사에게 방법을 전해들은 염소 주인은 "정말 좋은 생각입니다."라며 웃었습니다.

집으로 돌아온 그는 가장 사랑스러운 새끼 염소 3마리를 골라 이웃집을 찾았습니다. 그리고 이웃의 세 아들에게 염소를 선물했습니다.

사냥꾼의 세 아들은 염소를 보자마자 염소에 푹 빠졌습니다. 집으로 돌아오면 매일 염소들과 놀며 시간을 보냈습니다. 아들들이 좋아하는 모습을 보자 사냥꾼의 마음도 행복했습니다. 그러다 문득 마당의 개가 염소를 물어서 해치지 않을까 걱정이 된 사냥꾼은 개를 큰 우리에 가뒀습니다.

염소 주인도 그제야 안심을 했습니다. 사냥꾼은 염소 주인의 친절함에 보답하려고 사냥한 것들을 그와 나누기 시작했습니다. 그러면 염소 주인은 사냥꾼에게 염소 우유와 치즈를 보답으로 주었습니다. 그 후 두 사람은 가장 좋은 이웃이자 친구로 지냈습니다.

약자들에 대한 배려였습니다

1912년 4월 14일은 공포의 날이었습니다. 사고로 1,514명이 사망했고 710명이 구조 되었습니다. 사고 당시 38세였던 타이타닉호의 이등 항해사 찰스 래히틀러 씨는 구조된 승객을 책임지기 위해 선원 중 유일하게 구조된 승무원이었습니다. 래히틀러 씨의 타이타닉호 참사의 상황을 담은 회고록 중 일부를 소개합니다.

선장이 침몰을 앞두고 여성과 아이를 먼저 구조하라는 명령을 내리자, 많은 여성승객들이 가족과의 이별 대신 남아있기를 선택했습니다. 래히틀러는 "살아 있는 동안 그 밤을 영원히 잊지 못할 겁니다!" 라고 이야기했습니다.

당시 세계 최고 부자였던 애스터 4세는 임신 5개월 된 아내를 구명보트에 태워 보내며 갑판 위에 앉아, 한손에는 강아지를 안고 다른 한 손에는 시가 한대를 피우면서 멀리 가는 보트를 향해 외쳤습니다. "사랑해요. 여보!" 승객들을 대피시키던 선원 한 명이 애스터 씨에게 보트에 타라고 하자, 애스터 씨는 한마디로 거절했습니다. "사람이 최소한 양심은 있어야 하지 않겠습니까?" 그리고 나서 마지막으로 남은 한 자리를 곁에 있던 한 아일랜드 여성에게 양보했습니다. 그는 타아타닉호 10대도 만들 수 있는 부호였지만, 살아남을 수 있는 모든 기회를 거절했습니다. 자신의 목숨으로 양심을 지킨 위대한 남자의 유일한 선택이었습니다.

생존자모임에서 스미스 부인이 자신에게 자리를 양보한 여성을 회고하며 이렇게 말했습니다. "당시 제 두 아이가 구명보트에 오르자, 만석이 돼서 제 자리는 없었습니다. 이때 한 여성분이 일어나서 저를 구명보트로 끌어당기면서 말했습니다. "올라오세요. 아이들은 엄마가 필요합니다!" 그 대단한 여성은 이름을 남기지 않았습니다. 사람들은 그녀를 위해 '이름 없는 어머니' 기념비를 세웠습니다.

희생자 중에는 억만장자 아스테드, 저명 신문가 헴스테드, 육군 소령 바트, 저명 엔지니어 루오부어 등 사회의 저명인사가 많았지만, 이들 모두 곁에 있던 가난한 농촌 부녀자들에게 자리를 양보했습니다.

타이타닉호의 주요 승무원 50여 명 중 구조를 책임졌던 이등 항해사 래히틀러 외 전부 구명보트의 자리를 양보하고 배와 함께 생을 마감했습니다.

　1912년 타이타닉호를 기리는 자리에서 타이타닉호를 건조한 선박 회사 화이트 스타 라인White Star Line은 희생자들에 대해 이렇게 말했습니다. "남성들의 희생을 요구하는 해상 규칙은 그 어디에도 존재하지 않습니다. 단지 그들의 행동은 약자들에 대한 배려이자, 그들의 개인적인 선택이었습니다."

참고 ————————
　　"실제 타이타닉호 부선장이 공개한 '침몰 뒤 숨겨진 이야기'", 뉴스내크
　　(https://www.newsnack.me/c17082408)

위대偉大함의 대가는 책임감입니다

현대인에게는 4무주의四無主義란 것이 있다고 합니다. 무감동, 무책임, 무관심, 무목적 입니다. 장터에 앉아 친구들에게 피리를 불어도 춤추지 않고 애곡하여도 가슴 치지 않는 비정한 시대입니다. 옆집 노인이 홀로 죽어 여러 날 되었는데도 까맣게 모르는 것이 당연한 것처럼 되어가고 있습니다. 많은 사람들이 자기 몫／책임을 포기한 채 물결 따라 흐르는 맹목적인 삶을 살고 있습니다.

자기 혼자만의 힘으로는 절대 살아갈 수 없다는 것을 알아야합니다. 그렇기에 책임 있는 행동과 말이 중요합니다. 내가 하는 일에 대해서 다른 사람들이 피해를 입지 않도록 그 일에 대해 책임을 지고 마무리를 지으려고 노력하여야 합니다.

사람들은 늘 책임을 회피하려고 합니다. 어려움을 당하면 카르마

karma[*] 때문이라고 합니다. "내 카르마가 나빠서" 내 전前 생애의 결과가 지금 나를 괴롭히고 있다는 것입니다. 현재에서 기억도 못하는 전 생애로 책임을 전가합니다. 현재의 행동과 태도에서 원인을 찾지 않기에 변화하려는 의지가 마비됩니다. 어떤 사람들은 공중에 떠돌아다니는 별자리에 책임을 지우기도 합니다. 정신과에서도 가끔 무의식에 책임을 떠넘깁니다. 윤리적 책임을 피하려 합니다. 책임을 회피하는 사람은 리더십을 갖지 못합니다. 지도자는 어떤 상황과 결과에 책임지는 사람입니다. 성공의 단물만 취하려는 사람은 지도자가 될 수 없습니다. 때로는 고난과 실패의 강도 건너야 합니다.

'위대偉大함의 대가는 책임감이다.'라고 윈스턴 처칠Winston Churchill(1874~1965)은 말하기도 했습니다. 즉 강한 힘에는 그만큼 강한 책임이 뒤따릅니다. 어른이 되어 자유로워진다 생각했지만 오히려 그 자유에 대한 책임이 항상 따라옵니다. 더 큰 자유 혹은 힘에 따라 더 큰 책임감도 항상 뒤따른다는 것을 어른이 되니 조금은 알 것 같습니다.

* 카르마(karma) : 불교 용어로 산스크리트어입답니. 전세(前世)에 지은 소행(所行) 때문에 현세에서 받는 응보(應報)를 카르마라고 합니다. 음역어는 '갈마(羯磨)'입니다.

모두가 더불어 행복하게 사는 삶

저녁에 달리는 버스 안 승객들은 모두 피곤한 표정을 짓고 있었습니다. 조용한 버스 안에서 작은 실랑이가 벌어졌습니다. 좌석에 앉은 여고생과 기둥을 잡고 서 있는 할머니가 자리 양보 때문에 가벼운 언쟁을 나누고 있었습니다.

"할머니, 여기 앉으세요."

"아이고, 학생, 됐어. 나 아직 튼튼해."

"그러지 마시고 여기 앉으세요."

"정말 괜찮아. 그런데 학생은 몇 학년이야?"

"고등학교 3학년이요."

"우리 손녀하고 같은 학년이네. 학생도 공부한다고 힘들지. 그냥 앉아 있어."

"할머니. 오히려 제 마음이 불편해서 그래요. 그냥 여기 앉으세요."

"그럼 내 가방이나 좀 들어줘."

경험 많은 어르신답게, 노련하게 학생을 제압해버린 할머니는 학생 무릎 위에 놓인 자신의 가방에서 무언가를 주섬주섬 꺼내 내밀며 말했습니다.

"학생 이거 우리 아들이 준 홍삼진액인데 하나 먹고 힘내. 젊은이들이 힘차게 잘 살아야, 우리 같은 노인들도 편하게 잘 살 수 있는 세상이 되는 거야."

사람은 혼자서 살 수 없습니다. 태어날 때부터 죽을 때까지 다른 사람과 함께 살아야 하고, 타인의 도움을 받아야 살아갈 수 있습니다.

배려는 한 쪽이 일방적으로 건네주기만 하는 것이 아닙니다. 누군가를 돕고 베풀고 사는 인생은 손해 보는 것이 아닙니다. 지금까지 살아오면서 그러했고, 앞으로 살아가는 동안에도 끊임없이 그러하듯이 누군가와 도움을 주고받으며 살아갈 것입니다.

참고
"모두가 함께 어울려 살아가는 세상", 따뜻한 하루, 따뜻한 편지, 2017.12.19

가격과 가치의 차이

아이들에게 부자가 되라고 가르치지 마십시오.

행복하라고 가르치십시오.

그러면 그들이 자라서 사물을 보는 눈은

가격을 보지 않고 가치를 보게 될 것입니다.

음식을 약처럼 드십시오.

그렇지 않으면 약을 음식처럼 먹게 됩니다.

만약 빨리 걷고 싶을 땐 혼자 걸으십시오.

그러나 멀리 걷고 싶을 땐 함께 걸으십시오.

300만 원짜리 시계를 차거나

3만 원짜리 시계를 차거나

모두 똑같은 시간을 알려준다는 것을…

40만 원짜리 위스키를 마시거나…

4천 원짜리 소주를 마시거나

취하는 효과는 똑같다는 것을…

100평짜리 집에서 살거나

10평짜리 집에서 살거나

외로움은 마찬 가지라는 것을…

일등석을 타건…

이코노미석을 타건…

비행기가 추락한다면 똑같이 함께 떨어진다는 것을…

진정한 내면의 행복은

세상의 물질적인 것이 아니라는 사실을…

배우자건, 동료건, 친구건, 형제 자매건,

함께 같이 만나서 웃고 세상 살아가는 이야기 나누며

시간을 함께 할 수 있는 사람들이 있다는 것이

행복입니다.

잊지 마십시오.

세상에서 가장 좋은 여섯 의사는

햇볕, 휴식, 운동, 식이요법, 자신감, 친구입니다.

마당
다섯

행복한 삶

모두가 더불어
스마트하게 사는 삶의 이야기
행복한 삶을 위한 88가지 이야기

풍성한 결실結實을 앞당겨 바라보며

비가 오기를 고대하는데 햇빛만 쨍쨍하면 얼마나 애가 타겠습니까. 이젠 좀 볕이 났으면 하는데 비만 내리면 또 얼마나 답답합니까. 농부는 신神에게 항의했습니다. 햇빛과 비를 제때에 내려달라고, 자기에게 맡기면 훨씬 잘하겠노라고, 그렇게 해서 농부는 한 해 동안 그 일을 맡았습니다. 농부는 때맞춰 비와 햇빛을 알맞게 조절했습니다. 곡식은 모두 잘 자랐습니다. 그런데 추수 때가 되어 곡식을 살피던 농부는 깜짝 놀랐습니다. 그렇게 왕성한 곡식에 정작 낟알이 차지 않은 게 아니겠습니까. 이 농부는 무엇을 잘못한 것일까요? 농부는 알지 못했던 것입니다. 곡식이 결실을 맺으려면 거센 바람과 매서운 추위와 칠흑 같은 어둠도 필요하다는 사실을…

어찌 씨 뿌리는 농사일뿐이겠습니까. 우리는 이 세상에서 살아가면서 많은 어려움을 만납니다. 우리의 삶에는 뙤약볕에 숨 막히는 날도 있고, 궂은비로 눅눅한 날도 있습니다. 우리의 역사에도 험하고 황폐한 땅도 있고, 가도 가도 막막한 사막 같은 땅도 있습니다. 우리가 살아간다는 것은, 수많은 어려움과 실패 앞에 서는 일입니다.

신의 뜻을 따르는 길, 구원의 길은 좁은 길입니다. 때로 뜻하지 않은 거센 풍파가 불어 닥쳐 우리를 혼란스럽게 하고 우리를 고통스럽게도 합니다. 그렇지만 바람과 더위와 추위를 견디며 결실하는 곡식처럼, 모든 어려움과 시련을 견디어 내는 만큼 어느새 우리의 삶의 뿌리는 깊어지고, 우리의 삶은 한층 더 견실堅實해지는 것이라 생각합니다. 우리가 어려움 속에서 은혜와 섭리를 깨닫게 될 때, 또한 어찌 감사하지 않겠습니까. 농사는 내가 아니라 하늘이 짓는다는 걸 깨닫는 이가 성숙한 농부이듯이, 삶이 내 손에 있는 게 아니라 신의 뜻에 있다고 고백하는 이가 성숙한 사람입니다.

🏅참고 ────────────
서재경, 『복음의 길을 따라서』(마가복음과 함께하는 2017 사순절 묵상집),
만우와장공, 2017, 64-66쪽

먼저 해야 할 일을 알아야

어느 대학의 교수가 강의시간에 투명한 상자를 갖다 놓고 그 안에 제법 큰 돌 몇 개를 넣어 가득 채웠습니다. 그리고 학생들에게 물었습니다.

"이 상자가 가득 찼습니까?"

학생들이 대답했습니다.

"네!!"

그러자 교수는 그 상자에 다시 작은 자갈들을 넣어 큰 돌 사이로 자갈들이 채워지게 했습니다. 그리고 다시 학생들에게 물었습니다.

"이번에도 상자가 다 찼습니까?"

학생들은 역시 대답했습니다.

"네!!"

교수는 웃으며 그 상자에 이번에는 모래를 채우기 시작했습니다. 교수는 학생들에게 한 번 더 질문했습니다.

"여러분, 지금 제가 뭘 말하려고 하는지 아시나요?"

학생들은 아무 대답을 하지 못했습니다.

그러자 교수는 다시 말했습니다.

"많이 넣을 수 있다는 것을 보여 주려는 것이 아닙니다. 큰 것부터 상자 속에 넣지 않으면 큰 것을 넣을 기회가 없어진다는 사실을 말하려는 것입니다."

목표를 이루기 위해서는 가장 중요한 것부터 먼저 해야 합니다. 그런데 삶을 살아가다 보면 많은 일 중에서 어느 것이 더 중요한지 결정짓기 어려울 때가 있습니다. 또한, 급한 일만 하다가 정작 중요한 일을 놓치는 경우도 있습니다.

급한 일을 처리하기에 급급한 인생이 아니라, 삶의 목적을 이루는 데 가장 중요한 일부터 먼저 할 때, 성공한 인생을 살아갈 수 있습니다. 지금 가장 중요한 일은 무엇이라 생각하고 있습니까?

참고
"인생의 우선순위", 따뜻한 하루, 따뜻한 편지, 2017.3.23

배고픈 자들에겐 빵을,
가진 자들에겐 배고픔을

금세기 최고의 휴머니스트라고 일컬어지는 피에르Abbé Pierre(1912 ~2007) 신부는 1912년 프랑스 리옹의 상류층 가정에서 태어났습니다. 19세에 모든 유산을 포기하고 카푸친 수도회에 들어갔습니다. 제2차 세계대전 당시에는 항독 레지스탕스로 활동한 투사였습니다.

2차 세계대전 당시 그는 내 가족, 내 나라, 내 민족이라는 좁은 울타리를 넘어 '타인과 공감하는 자'로서 배타적이고 편협한 인종주의로 서로 싸우는 것을 볼 수 없어 참전했습니다. 그는 유대인을 구하기 위해 스위스의 험준한 산을 넘기도 했고, 게슈타포에게 붙잡혀 죽을 고비를 넘기기도 했습니다. 전쟁 후에는 정치적 힘을 가지면 가난한 자들을 도울 수 있을 것이라고 생각하여 국회의원이 되기도 했지만 곧 한계를 인식하고 직접 빈민구호 활동을 펼쳤습니다.

1949년 한 사회운동가와 함께 파리 근교에 작은 공동체를 만들어 집 없는 사람들과 부랑자, 그리고 전쟁고아들과 함께 함으로써 '살아 있는 성자'로 불리며 전 세계 사람들에게 사랑과 존경을 받았습니다. 이것이 오늘날 전 세계 44개국, 350여 개의 단체가 활동하고 있는 엠마우스Emmaus 운동의 시작이었습니다.

그는 "세상의 모든 돈으로도 결코 인간을, 그것도 서로 사랑하는 인간을 만들 수는 없음을 누가 알지 못하랴? 서로 사랑하는 인간들만 있다면 모든 걸 만들 수 있습니다. 행복도, 진정한 평화도, 꼭 필요한 돈까지도…"라고 말했습니다.

"좋은 일을 하기 위해서 굳이 완벽해야 하는 건 아닙니다."라는 그의 말을 되새기면서 짧지만 정말 하나님 뜻에 합하는 가장 영적인 기도인 피에르 신부의 기도문을 되뇌어봅니다.

"하나님, 배고픈 자들에게는 **빵**을 주시고 **빵**을 가진 자들에게는 배고픔을 주십시오."

참고

최태선, "배고픈 자들에겐 빵을, 가진 자들에겐 배고픔을", M뉴스앤조이, 2016.9.29
아베 피에르, 백선희 역, 『단순한 기쁨』, 마음산책, 2001

일도 웃으면서

'웃음이 만병통치약이다.'라는 말을 자주 듣습니다. 또한 TV에서나 신문에서도 웃음으로 암도 극복하였다는 이야기를 자주 접하기도 합니다. 결코 웃음을 가볍게 여겨서는 안 된다는 것을 깨닫게 됩니다.

프랑스의 의사들은 세계에서 가장 좋은 약으로 '웃음'을 꼽고 있답니다. 웃음은 몸의 항체를 강화시켜주고, 통증을 완화시키며, 불면증을 고치고, 감기를 낫게 하며, 혈압을 내리고, 심장혈관 기능을 강화하고, 암의 확산을 늦추고, 수명을 연장하는 등등, 수많은 의학연구 결과가 그 효과를 입증하고 있습니다.

우리가 한번 웃을 때마다 231개의 근육이 운동을 하게 되고 얼굴의 근육만도 15개가 운동을 하게 된답니다. 웃음을 1분여 동안 웃으면 10분간의 조깅을 한 것과 같은 효과가 있다고 합니다. 또한 계속 웃음을 지으면 면역에 관여하는 임파구들(T세포 B세포)을 자극하는 '인터페로감마'가 체내에서 200배정도 증가해 면역력을 높여 줍니다. 그것이 바로 암을 치료하는 효과를 내는 것입니다. 더불어 우리 몸의 호흡기와 소화기에 있는 면역글로불린A도 증가해서 호흡기呼吸器와 소화기 질환을 예방해주는 효과도 있습니다. 그 뿐만 아니라 모르핀보다 200배나 효과가 강하다는 엔도르핀(생체엔도르핀)도 증가해 통증과 근심 걱정도 감소시키고 기분을 좋게 만들어 줍니다. 게다가 심장의 힘도 좋게 하고, 플라스미드를 증가시켜 혈전생성도 막아줍니다. 하루에 15초를 웃게 되면 이틀을 더 산다고 합니다.

사람들은 삶이 힘들다고 하지만 삶이 고될수록 필요한 것은 바로 웃음이 아닌가합니다. 그 어떤 예쁜 화장품보다도 화사하게 마음을 화장시켜주고, 사람과 사람을 이어주기도 하며, 힘들 때 삶을 지탱해 주는 큰 에너지가 되기도 하는 것이 바로 '웃음'입니다. 힘들고 우울한 일이 있습니까? 한바탕 크게 웃기 바랍니다. 우리 모두 그동안 삶의 뒷전으로 내몰았던 웃음을 다시 되찾아 웃으면서 일하면 힘이 날 것입니다.

해주지 못한 일로 괴로워하는 사람

영국 BBC방송 프로그램에 한 노신사가 방청객으로 초대되었습니다. 왜 자신이 이 프로그램에 초대되었는지도 모르는 이 노신사와 아나운서는 이야기를 나누기 시작하였습니다.

전쟁 당시 29살 은행원이었던 이 노신사는 아이들까지 갇혀있는 나치의 난민 캠프의 실상을 알고서는 사비私費를 털어 체코슬로바키아에서 나치에 의해 억류된 아동들을 구출하는 데에 앞장섰고, 그에 의해 1939년 한 해 동안 669명의 아이를 영국으로 데리고 오는 데 성공했지만, 나치의 폴란드 침공으로 기차에 태워진 250명은 출발조차 못했습니다. 구하지 못한 아이들에 대한 심한 죄책감을 느낀 이 노신사는 아이들을 구한 일을 아무에게도 말하지 않으며 살아왔습니다.

그러다 1988년 어느 날, 그의 아내가 관련 서류를 우연히 발견하여 방송사에 알리지 않았다면 아무도 모르고 있었을 것입니다.

아나운서가 방청객을 보며 말했습니다.

"혹시 자신의 생명을 구해주신 분이 바로 이 분이라고 생각하시는 분은 그 자리에서 일어나 봐 주세요."

그러자 다른 방청객들이 다 자리에서 일어났습니다. 이 노신사로 인해 살게 된 그 아이들이 어른이 되어 이 노신사에게 감사하기 위해 그 자리에 모인 것이었습니다. 이 노신사는 50년 동안 참아왔던 눈물을 그들과 함께 흘렸습니다.

노신사는 2002년에는 그가 구한 아이들, 그들이 낳은 자녀와 손자들을 포함하여 5,000여 명과 만남의 자리를 가졌으며, 2003년에는 영국 왕실로부터 기사騎士 작위를 받았고, 2014년에는 체코에서 정부 최고 훈장인 백사자 훈장을 수여받았습니다. 노신사는 2015년 106세의 나이로 세상을 떠났습니다.

이 노신사가 바로 영국의 쉰들러라 불리는 니콜라스 윈턴Nicholas Winton(1909~2015)입니다. 해준 일보다는 해주지 못한 일을 더 괴로워하는 성자입니다.

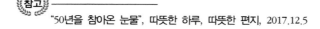
참고

"50년을 참아온 눈물", 따뜻한 하루, 따뜻한 편지, 2017.12.5

짐은 서로 나누어 져야지요

소설 『대지大地』의 작가 펄 벅Pearl S. Buck(1892~1973)이 1960년 우리 나라를 처음 방문했을 때의 일입니다.

황혼에 경주 시골길을 지나가고 있는데, 한 농부가 소달구지를 끌며 가고 있었습니다. 달구지에는 가벼운 짚단이 조금 실려 있었지만 농부는 자기 지게에 따로 짚단을 지고 있었습니다.

합리적인 서양 사람이라면 당연히 이상하게 볼 광경이었습니다. 힘들게 지게에 짐을 따로 지고 갈 게 아니라 달구지에 짐을 싣고 농부도 타고 가면 편했을 것입니다.

통역을 통해 펄 벅이 물었습니다.

"왜 소달구지에 짐을 싣지 않고 힘들게 갑니까?"

그러자 농부가 대답했습니다.

"에이, 어떻게 그럴 수 있습니까? 저도 일을 했지만, 소도 하루 종일 힘든 일을 했으니 짐을 서로 나누어져야지요."

펄 벅은 감탄하며 말했습니다.

"나는 저 장면 하나로 한국에서 보고 싶은 걸 다 보았습니다. 농부가 소의 짐을 거들어주는 모습만으로도 한국의 위대함을 충분히 느꼈습니다."

비록 말 못 하는 짐승이라도 존귀하게 여겼던 농부처럼 우리는 본디 배려를 잘하는 민족이었습니다. 그런데 요즘은 어떻습니까? '나만 아니면 된다.'는 식의 이기적인 사고로 꽉 차 있지는 않은지요? 펄 벅이 만난 시골 농부의 이야기는 배려를 잃어버리고 사는 지금의 우리에게 강한 울림을 줍니다.

참고
"농부의 배려심", 따뜻한 하루, 따뜻한 편지, 2017.8.9

품고 살아야 할 기운

남들보다 잘하려고 고민하지 않기 바랍니다. 지금의 자기 자신보다 잘하려고 노력하면서 아래의 기운들을 가슴에 품고 살면 다른 사람들이 부러워하는 사람이 될 것입니다.

● 눈에는 '총기聰氣'가 있어야 합니다.

상대를 바라보는 맑은 눈은 상대의 마음속에 평안과 기쁨을 주며 상대를 이끌어가는 힘이 있습니다.

● 얼굴에는 '화기和氣'가 있어야 합니다.

웃음이 가득한 모습으로 대해야 웃음으로 돌아오는 법입니다. 항상 얼굴에 미소와 자신감 있는 표정은 스마트한 삶의 중요한 조건입니다.

● 마음에는 '열기熱氣'가 있어야 합니다.

열정이 있어야 자신감이 생기는 법입니다. 매사에 뜨거운 열정으로 자신감 있게 임하는 것이 스마트한 삶의 지름길입니다.

- **몸에는 '향기香氣'가 있어야 합니다.**

향기는 상대를 기분 좋게 하며, 마음마저 사로잡는 힘이 있습니다.

- **행동에는 '용기勇氣'가 있어야 합니다.**

죽기를 각오하고 사력을 다해서 싸움에 임하는 자는 언제 어디서든 살아남을 수 있습니다.

- **어려울 때는 '끈기根氣'가 있어야 합니다.**

누구나 슬럼프slump에 빠질 수도 있지만, 반드시 이겨내고야 말겠다는 마음가짐과 끈기 있는 정신만이 어려움을 극복하게 합니다.

- **자존심이 꺾일 때는 '오기傲氣'가 있어야 합니다.**

세상을 살면서 가장 자존심이 상하는 것은 가장 믿었던 가족들과 친구들조차 자신을 믿어주지 않는 것입니다. 그럴 때 '반드시 성공하는 모습을 보여주겠다.'는 오기심은 자신을 채찍질하는 좋은 촉매제가 될 수 있습니다.

적당한 긴장감을 가지고 마음을 바르게 한다면 스마트한 삶에 한 발짝 다가설 수 있을 것입니다.

🏆**참고** ────────
　"삶 속에서의 7가지 '기운'", 따뜻한 하루, 따뜻한 편지, 2017.4.11

끝까지 지켜야 할 건강

건강해야 공부도 할 수 있고 일도 할 수 있습니다. 그리고 행복한 삶을 살 수도 있습니다. 건강을 지키는 여러 가지 방법이 있을 수 있겠습니다만 최소한 다음의 사항에 관심을 가지면 건강한 생활을 즐길 수 있을 것입니다.

● 바른 자세

등뼈 / 척추가 바르지 못하면 몸 안에 있는 기관들이 압박을 받아 제 기능을 바르게 하지 못하게 되어서 건강을 유지하기 어렵게 됩니다. 몸과 마음의 바른 자세가 건강한 삶을 지키는 데 아주 중요합니다.

● 이목구비耳目口鼻

얼굴에는 귀와 눈과 입과 코가 있습니다. 얼굴에 있는 이목구비가 제 기능을 발휘하면 건강한 삶을 사는데 큰 어려움이 없다 하겠습니다. 특별히 공부하며 일할 때에는 시력관리 잘 해야 합니다.

• 부드러워야

운동하기 전에 하는 준비운동은 몸을 부드럽게 만드는 운동입니다. 그래야 운동할 때 탈이 나지 않습니다. 몸도 마음도 부드러워야 건강한 삶을 살 수 있습니다.

• 신진대사 新陳代謝

잘 먹어야 신진대사가 잘되는 것이 아니라 배설을 잘 해야 즉 비워야 잘 먹을 수 있게 되고 신진대사가 잘 되어 건강한 삶을 살 수 있습니다. 마음도 함께 비우기 바랍니다.

• 수면 / 휴식

일을 하다가 쉬기도 하여야 일의 효과를 극대화 할 수 있습니다. 가장 좋은 휴식은 수면입니다. 일하며 공부하는데 잠잘 겨를이 어디 있느냐고 하며 수면 시간을 줄이곤 하는데 조심해야 합니다. 오래 잠을 자는 것도 중요하지만 짧더라도 깊은 잠을 잘 수 있도록 노력해야 합니다.

늘 편안한 마음으로 긴장하지 말고, 과식하지 않기입니다. 체온관리 잘 하고, 깊은 잠을 자도록 하여 마음과 몸 관리 잘해야 행복한 삶을 살 수 있습니다.

부드러운 사람

참사람,

난사람,

든사람이라는 말이 있습니다.

참사람은 정직한 사람이고,

난사람은 능력 있는 사람,

든사람은 학식 있는 사람을 말합니다.

예로부터 우리는 참사람, 난사람, 든사람이 되라는 가르침을 받아
왔습니다. 그런데 세상을 좀 살다보니 그게 아닙니다. 참사람, 난사람,
든사람보다! 더 대단한 사람이 있는데, 바로 '부드러운 사람'입니다.

귀동냥으로 들은 이야기가 있습니다.

임종을 앞둔 스승이 마지막 가르침을 주기 위해 제자를 불렀습니다. 그리고 제자 앞에서 입을 벌렸습니다.

"내 입 안에 뭐가 보이느냐!?"

"혀가 보입니다. 스승님"

"이는 안 보이느냐!?"

"이가 모두 빠진 지 오래되었는데 무슨 이가 보이겠습니까!?"

"이는 다 빠지고 혀만 남아 있는 이유를 알겠느냐!?"

제자가 이번엔 바로 대답을 못하고 머뭇거렸습니다.

"이는 단단하기 때문에 다 빠져버린 것이요! 혀는 부드럽기 때문에 오래도록 남아있는 것이니라!"

부드러운 것이 오래가는 법입니다. 무엇이든지 나이 먹으면 딱딱해지기 마련이고, 어린 것은 부드러운 법입니다. 우리 모두 부드러운 사람이 되어보는 건 어떻습니까!? 그게 제대로 사는 비결입니다. 늘 웃는 얼굴로 행복한 삶 이루기 바랍니다.

상대방의 입장에서

사고로 오른손을 잃은 한 아이가 있었습니다.

아이는 초등학교에 들어갔지만, 친구들과 어울리지 못했습니다. 그리고 때로는 친구들의 놀림으로 인해 울기도 했습니다. 아버지는 학교 선생님을 찾아가 아이가 친구들로 인한 마음의 상처를 받지 않도록 부탁했습니다.

수업시간이 되자 선생님은 학생들에게 끈을 하나씩 나누어주고는 오른손을 뒤로 돌려 허리띠에 끈으로 묶으라고 했습니다. 호기심에 재미있어하는 학생들에게 다시 말했습니다.

"이번 수업이 끝날 때까지 오른손을 쓰지 않고서도 공부를 잘 할수 있는지 체험해 볼 거예요."

수업이 끝나자 선생님은 아이들에게 묶었던 끈을 풀라고 했습니다. 그리고 쉬는 시간이 되자 반 아이들은 오른손이 없는 친구를 찾아가 미안해하며 말했습니다.

"우리는 네가 그렇게 불편할 거라곤 생각 못 했어. 너는 오른손을 안 쓰고도 어떻게 그 모든 것을 할 수 있었지? 그동안 그것도 모르고 놀려서 정말 미안해."

흔히 역지사지易地思之의 자세에서 그 일을 생각해 보라고 합니다. 쉽게 말하여 상대방 입장에서 사건이나 현상을 바라보고 이해하라는 뜻입니다.

장애를 가졌다는 것은 '다른 것'이지 '틀린 것'이 아닙니다. 나와 조금 다르다고 편견으로 바라보기 전에 아주 잠시만 상대방의 입장이 되어 보기 바랍니다.

서로의 다름을 이해하고 배려할 때 세상 온도는 조금씩 조금씩 올라갑니다.

참고
"상대방이 되어보는 것", 따뜻한 하루, 따뜻한 편지, 2017.9.7

같은 일을 하는데도

어느 날 공자孔子가 조카 공멸을 만나 물었습니다.

"네가 벼슬한 뒤로 얻은 것은 무엇이며, 잃은 것은 무엇이냐?"

공멸은 표정이 어두워지더니 대답했습니다.

"얻은 것은 없고 잃은 것만 세 가지 있습니다.

첫째, 나랏일이 많아 공부할 새가 없어 학문이 후퇴했으며,

둘째, 받는 녹이 너무 적어서 부모님을 제대로 봉양하지 못했습니다.

셋째, 공무에 쫓기다 보니 벗들과의 관계가 멀어졌습니다."

공자는 이번엔 공멸과 같은 벼슬에서 같은 일을 하는 제자 복자천을 만나 같은 질문을 해 보았습니다.

복자천은 미소를 지으며 대답합니다.

"잃은 것은 하나도 없고, 세 가지를 얻었습니다.

첫째, 글로만 읽었던 것을 이제 실천하게 되어 학문이 더욱 밝게 되었고, 둘째, 받는 녹을 아껴 부모님과 친척을 도왔기에 더욱 친근해졌습니다. 셋째, 공무가 바쁜 중에도 시간을 내어 우정을 나누니 벗들과 더욱 가까워졌습니다."

공멸과 복자천, 그들은 같은 일을 하고 있었지만 전혀 다른 삶을 살고 있었습니다. 똑같은 일을 하고도, 똑같은 수입을 가지고도 한 사람은 세 가지를 잃었다고 푸념하는데 한 사람은 오히려 세 가지를 얻었다고 감사합니다. 같은 일을 하고 있어도 전혀 다른 삶을 살 수 있음을 보여주는 이야기가 아닐까 싶습니다.

남의 떡이 더 크게 보인다고 자신이 갖지 못한 것을 먼저 바라보는 우리입니다. 그러다 보니 자신이 갖고 있는 것을 보지 못했던 것은 아니었을까요? 같은 상황에서도 어떤 마음을 가지고 살아가느냐가 우리의 삶을 결정합니다.

참고

"같은 일, 전혀 다른 삶", 따뜻한 하루, 따뜻한 편지, 2017.4.8

아직도 많은 것을 가지고 있습니다

노먼 빈센트 필Norman Vincent Peale(1898~1993)은 목사, 저술가, 긍정적 사고의 창시자, 자기 계발의 동기부여자 등 수없이 많은 호칭을 가진 자로서, 세계적인 동기부여 연설가이기도 했습니다.

그런 그에게 어느 날 중년의 남자가 찾아왔습니다. 실의에 빠진 듯 힘이 다 빠져 있는 그는 말했습니다.

"전 평생 열심히 일했지만, 사업이 부도나면서 제 인생의 모든 것을 잃었습니다."

중년 남자의 이야기를 들은 그는 종이 한 장을 내밀며 물었습니다.

"모든 걸 잃어버리셨다고요? 그럼 부인은…?"

"네, 불평 한마디 없이 묵묵히 뒷바라지해 준 아내가 있습니다."

그는 종이에 '훌륭한 아내'라고 적었습니다.

"당신에게 자녀들은 있습니까?"

"네, 저만 보면 웃음을 짓는 귀여운 세 아이가 있습니다."

그는 종이에 '잘 웃는 귀여운 세 아이'라고 적었습니다.

"당신에게 소중한 친구는 있습니까?"

"네, 남들이 부러워할 만한 의좋은 친구들이 있습니다."

그는 종이에 '좋은 친구들'이라고 적었습니다.

"당신의 건강은 어떤가요?"

"건강은 자신 있습니다. 아주 좋은 편입니다."

그가 이번에는 종이에 무언가를 적으려는 순간이었습니다.

중년 남자가 갑자기 큰 소리로 말했습니다.

"정말 감사합니다. 모든 것을 잃어버린 줄 알았는데, 제게는 아직 귀한 것들이 남아 있었네요. 다시 일어설 수 있을 것 같습니다."

가진 것이 부족하다는 생각이 들 때, 실패한 인생이란 생각이 들 때, 아무런 의욕이 없을 때, 불평불만만 쌓여 갈 때, 종이 한 장 꺼내 놓고, 차분히 써보기 바랍니다.

소중한 사람들, 일상 속 작은 성공의 경험들, 좋았던 일, 그렇게 하나둘 적어 내려가다 보면 보일 것입니다. 내 삶에 남아있는 희망의 불씨가…

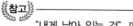
"내게 남아 있는 것", 따뜻한 하루, 따뜻한 편지, 2017.8.19

행복의 십계명

　인간은 누구나 행복을 원합니다. 하지만 칼 부세Karl Busse(1872~1928) 의 시처럼 "산 너머 저쪽에 행복이 있다기에 찾아갔다가 눈물만 흘리 고 돌아왔네."인 경우가 부지기수입니다.

　플라톤은 '행복한 삶'의 조건으로 5가지를 꼽았습니다. 먹고 살만 한 수준에서 조금 부족한 듯한 재산, 사람들이 칭찬하기에는 약간 처 지는 용모, 자만심에 비해 사람들이 절반밖에 알아주지 않는 명예, 한 사람에게는 이기고 두 사람에게는 지는 정도의 체력, 청중의 절반 만 박수를 쳐주는 말솜씨.

　평생 '무소유'를 강조했던 법정法頂(1932~2010)스님은 행복론도 맑고 향기롭습니다. 남과 자신을 비교하지 말 것, 움켜잡기보다는 쓰다듬 을 것, 오래된 것을 아름답게 여길 것, 가끔 기도할 것.

　칼 힐티Carl Hilty(1833~1909)는 서로 그리워하고, 서로 마주보고, 상대에게 자기를 주는 것이 행복이라고 했습니다.

프랑수아 를로르François Lelord(1953~)의 소설 『꾸뻬씨의 행복 여행』에는 사람을 행복하게 하는 23가지 조건이 나옵니다. 다른 사람과 비교하지 않는 것, 자신이 좋아하는 일을 하는 것, 다른 사람에게 꼭 필요한 존재가 되는 것, 좋아하는 사람과 함께 있는 것 등입니다. 꾸뻬씨는 여행에서 돌아와 사람들에게 이런 경구가 적힌 카드를 선물합니다. "춤추라, 아무도 바라보고 있지 않은 것처럼. 사랑하라, 한 번도 상처받지 않은 것처럼. 노래하라, 아무도 듣고 있지 않은 것처럼. 살라, 오늘이 마지막 날인 것처럼."

예수의 '산상수훈'은 '행복선언'입니다. 예수는 갈릴리 호숫가에 모인 군중에게 '행복에 이르는 8가지 길'을 선포합니다. "가난한 사람, 굶주린 사람, 슬퍼하는 사람, 겸손한 사람, 의에 굶주린 사람, 남을 불쌍히 여기는 사람, 마음이 깨끗한 사람, 평화를 따르는 사람, 박해를 받는 사람은 행복하다."

2014년에 역사적인 방한을 하면서 프란치스코 교황이 '행복지침 10가지'를 제시했다고 합니다. "가족과 식사할 때는 TV를 꺼라. 일요일만큼은 아이들과 지내라. 다른 사람의 의견이나 태도, 삶을 인정해

라. 개종改宗을 강요하지 마라. 겸손·친절·여유를 가져라. 청년 일자리를 만들어라. 자연을 존중하고 보호해라. 부정적인 생각을 하지 마라. 평화를 위해 행동해라." 참 소박한 내용이면서도 울림이 큽니다.

참고 ━━━━━━
김석종, "교황의 행복 십계명", 경향신문, 2014.8.3

행복의 열쇠

세상은 마냥 기뻐하며 살 수 있는 곳이 아닙니다. 오히려 근심과 염려, 불확실과 불안이 확대되어 가는 세상입니다. 감사하며 살라하면 기뻐하고 감사할 일이 있어야 감사하고 기뻐할 것 아니냐고 말합니다. 그러다 보니 웃음치료사가 등장하여 웃기기도 하고 미소 짓게도 합니다.

감사하고 기뻐할 수 있을 때는 누구나 다 감사하고 기뻐할 수 있습니다. 짐승도 기분이 좋으면 꼬리를 흔들며 기뻐하고 감사를 표현합니다. 그런데 사람은 조금 다릅니다. 감사할 수 있는 상황이고 기뻐할 수 있는 상황인데도 불평하고 원망하기도 합니다. 그래서 늘 원망하고 불평하며 짜증내는 사람이 있는가 하면 늘 감사하며 기뻐하는 사람도 있습니다.

사람의 병은 대부분 스트레스에서 온다고 합니다. 스트레스의 원인은 마음의 상처와 부정적인 생각입니다. 그래서 감사의 마음을 가지면 모든 스트레스와 병을 이길 수 있다고도 합니다. 열 받아 화를 내보았자 저만 손해입니다.

세계 최고 암癌전문 병원인 미국 텍사스 주립대 MD 앤더슨 암센터에서 31년간 봉사한 김의신 박사는 종교의 신심信心이 암 치료에 실제적인 효과가 있다고 소개하면서, 성가대원들과 일반인들을 비교해 보니 성가대원들의 면역세포(일명 NK세포) 수가 일반인보다 몇 십 배도 아닌, 무려 1,000배나 많은 것으로 측정되었다고 합니다. 감사로 찬양하고 사는 것이 그만큼 건강에 유익하다는 것입니다.

천사가 행복을 상자에 넣어 포장을 한 후, 그 무엇으로도 열수 없을 정도로 단단한 자물쇠를 채우더랍니다. 그런데 그 열쇠key는 다름 아닌 감사와 기쁨이랍니다.

탈무드는 "세상에서 가장 사랑받는 사람은 모든 사람을 칭찬하는 사람이요, 가장 행복한 사람은 감사하는 사람이다."라고 말하고 있습니다.

설렘의 은퇴

은퇴준비가 필요하다고 하면 사람들은 고개를 끄덕이면서 위기감을 느낍니다. 은퇴 후의 설렘을 '5F'에서 찾아보아도 좋겠습니다.

● 금전적인 은퇴준비 : 1F

1F는 돈Finance입니다. 구체적으로 노후생활을 위해 한 달 생활비는 어느 정도 돼야 하고, 그 생활비는 어디에서 조달할 것인가가 문제입니다. 자신이 죽은 후 혼자 남을 배우자를 위해 떼놓아야 할 부분도 챙겨야 합니다.

● 은퇴 후 소일거리 : 2F

2F인 소일거리Field는 소득을 올리는 일거리뿐 아니라 은퇴 후 보람차면서도 재미있게 보낼 수 있는 소일거리를 의미합니다. 취미활동이나 자원봉사활동, 귀촌이나 귀농 등입니다. 중요한 점은 의미 있게 보낼 수 있는 소일거리를 찾아야 합니다.

• 은퇴 후 동반자 : 3F

3F는 나와 함께 필드를 누빌 친구Friends입니다. 친구가 없으면 재미없는 삶이 될 수밖에 없습니다. 친구 중에서도 가장 중요한 친구는 배우자와 자녀인 가족입니다. 평소 배우자와 자녀 등 가족과 함께 시간을 보내고 거기서 재미를 얻으려는 노력이 무엇보다 중요합니다. 가족 외에도 여러 그룹의 친구들과 사귀면서 등산이나 사진찍기, 여행, 식도락, 영화 또는 연극 관람…을 할 수 있어야 합니다.

• 즐길 수 있는 은퇴 : 4F

4F는 재미Fun로 뽑았습니다. "열심히 일한 당신, 이제 배우자와 함께 떠나라. 친구들과 함께 즐겨라." 이보다 더 좋은 말이 어디 있겠습니까? 어떻게 하면 재미있는 시간을 보낼 것인지를 연구하고 실행해야 합니다.

건강한 은퇴 : 5F

마지막 5F는 건강Fitness입니다. 비재무적非財務的 설계에서 다른 영역도 중요하지만 건강이 우선입니다.

오래 살아도 5F가 갖춰져 있지 않으면 그 삶은 적막강산일 수밖에 없습니다. 기왕이면 5박자, 즉 5F를 잘 준비해 봅시다. 그러면 은퇴가 금수강산 같은 설렘으로 다가올 수 있습니다.

참고
최성환, "오만가지 생각으로 머리 아픈 은퇴, 5F로 정리하자", 헬스조선, 2014.10.23

노년유정 老年有情

밉게 보면 잡초 아닌 풀 없고,
곱게 보면 꽃 아닌 사람 없으니,
그댄 자신을 꽃으로 보시게.

털려 들면 먼지 없는 이 없고,
덮으려 들면 못 덮을 허물없으니,
누군가의 눈에 들긴 힘들어도
눈 밖에 나기는 한 순간 이더이다.

귀가 얇은 자는 그 입도 가랑잎처럼 가볍고,
귀가 두꺼운 자는 그 입도 바위처럼 무겁네.
사려 깊은 그대여!

남의 말을 할 땐,

자신의 말처럼 조심하여 해야 하리라.

겸손은 사람을 머물게 하고,

칭찬은 사람을 가깝게 하고,

너그러움은 사람을 따르게 하고,

깊은 정은 사람을 감동케 하나니,

마음이 아름다운 그대여!

그대의 그 향기에 세상이 아름다워 지리라.

나이가 들면서 눈이 침침한 것은,

필요 없는 작은 것은 보지 말고

필요한 큰 것만 보라는 뜻이요,

귀가 잘 안 들리는 것은,

필요 없는 작은 말은 듣지 말고,

필요한 큰 말만 들으라는 것이고,

이가 시린 것은,

연한 음식 먹고 소화불량 없게 하려 함이고,

걸음걸이가 부자연스러운 것은,

매사에 조심하고 멀리 가지 말라는 것이리라.

머리가 하얗게 되는 것은,

멀리 있어도 나이 든 사람인 것을

알아보게 하기 위한 조물주의 배려이고,

정신이 깜박거리는 것은,

살아온 세월을 다 기억하지 말라는 것이니

지나온 세월을 다 기억하면 정신이 돌아 버릴테니

좋은 기억, 아름다운 추억만 기억하라는 것이리라.

참고

"다산(茶山) 정약용이 노년유정(老年有情)에 관해 마음으로 쓴 글"
(http://cafe.daum.net/stonhad/MRB2/1245)

빙판 위에서 울려 퍼진 눈물의 애국가

2018 동계패럴림픽 파라아이스하키 3~4위 결정전인 한국과 이탈리아의 대결이 펼쳐진 3월 17일 강릉하키센터에서는 7천여 석의 규모의 관중석에 빈자리를 찾아보기 어려울 정도의 관중이 몰려 뜨거운 응원전이 펼쳐졌습니다.

문재인 대통령 내외와 한 달 전 여자아이스하키 남북 단일팀을 이끌었던 새러 머리 감독도 한국 대표팀 선수들을 응원했습니다.

6천 5백여 관중의 뜨거운 성원에 힘을 얻은 태극전사들은 3피리어드 11분에 터진 장동신의 결승골에 힘입어 1-0 승리를 확정했습니다. 동계패럴림픽 세 번째 도전 만에 수확한 값진 동메달이었습니다.

동메달이 확정된 뒤 한국 선수들은 서광석(41세) 감독, 스태프들과 뒤엉켜 뜨거운 눈물을 쏟았습니다. 서 감독은 "아버지가 돌아가셨을 때도 눈물 한 방울 안 흘렸는데 이날을 위해 고통스런 과정을 거친 선수들을 보니 저절로 눈물이 났습니다."고 말했습니다.

경기장을 가득 메운 관중들에게 인사한 선수단은 대형 태극기를 경기장 가운데 펼쳐놓고 애국가 1절을 함께 부르며 또 울었습니다. 금메달 시상식 때와 같은 반주는 없었지만 어떤 애국가보다 감동적이었습니다. 관중들도 함께 눈물을 흘리며, 불렀습니다. 모두가 하나가 돼 부른 감격의 애국가였습니다.

참고

진송민 기자, "강릉 하키센터에 울려 퍼진 특별한 애국가", SBS, 2018.3.17
윤태석 기자, "빙판 위 눈물의 애국가… 관중도 함께 울었다", 한국일보, 2018.3.19

아버지의 기도

내게 이런 자녀를 주옵소서.

약할 때에 자기를 돌아볼 줄 아는 여유와

두려울 때에 자신을 잃지 않는 대담성을 가지고

정직한 패배에 부끄러워하지 않고 태연하며

승리에 겸손하고 온유한 자녀를 내게 주옵소서.

생각할 때에 고집하지 않게 하시고

주主를 알고

자신을 아는 것이 지식의 기초임을

아는 자녀를 내게 허락하소서.

원하옵나니,

그를 평탄하고 안이한 길로 인도하지 마옵시고
고난과 도전에 직면하여
분투 항거할 줄 알도록 인도하여 주옵소서.
그리하여 폭풍우 속에선 용감히 싸울 줄 알고
패자를 관용할 줄 알도록 가르쳐 주옵소서.

그 마음이 깨끗하고 그 목표가 높은 자녀를
남을 정복하려고하기 전에
먼저 자신을 다스릴 줄 아는 자녀를
장래를 바라봄과 동시에
지난날을 잊지 않는 자녀를 내게 주옵소서.
이런 것들을 허락하신 다음
이에 대하여 내 아들에게 유머를 알게 하시고
생을 엄숙하게 살아감과 동시에
생을 즐길 줄 알게 하옵소서.

자기 자신에 지나치게 집착하지 말게 하시고
겸허한 마음을 갖게 하시사
참된 위대성은 소박함에 있음을 알게 하시고
참된 지혜는 열린 마음에 있으며

참된 힘은 온유함에 있음을 명심하게 하옵소서.

그리하여

나 아버지는 어느 날

내 인생을 헛되이 살지 않았노라고

고백할 수 있도록 도와주옵소서. 아멘.

– D. 맥아더 지음

이 기도문이 자녀를 위한 기도문으로 만이 아니라 본인 자신을 위한 기도문이었으면 하는 바람을 가져보는 것은 잘못된 바람일까요?

참고자료

강수진, 『한 걸음을 걸어도 나답게』, 인플루엔셜, 2017.

김인백, 『내 삶의 여행에 도전장을 던져라』, 에세이, 2011.

김장환, 『하나님을 바라보라』, 나침반, 2012.

박동국, 『느헤미야 영성 따라가기』, 쿰란출판사, 2013.

박운서, 『네가 가라, 내 양을 먹이라』, KOREA.COM, 2014.

빅터 프랭클, 이시형 역, 『죽음의 수용소에서(man's search for meaning)』, 청아, 2005.

서재경, 『복음의 길을 따라서』(마가복음과 함께하는 2017 사순절 묵상집), 만우와장공, 2017.

수잔 제퍼스, 노혜숙 역, 『도전하라, 한 번도 실패하지 않은 것처럼』, 리더스북, 2007.

아베 피에르, 백선희 역, 『단순한 기쁨』, 마음산책, 2001.

오구라 히로시, 『비교하지 않는 삶』, 케이디북스, 2011.

정혁준, 『십대를 위한 롤모델 유일한 이야기』, 꿈결, 2016.

조지혜, 『왜 포기하면 안되나요?』, 참돌어린이, 2014.

최태섭, 『사랑에 빚진자』, 아가페, 1995.

한국기독교장로회 교목협의회, 『너의 인생을 여호와께 맡겨라』(수험생을 위한 수능 30일 묵상집), 만우와장공, 2016.

허 식, 『꽃도 가꾸어야 더욱 아름답습니다』, 박문사, 2017.

_____, 『아직 꽉 차지 않았거든요』, 너의오월, 2013.

_____, 『하나님의 러브 레터』, 박문사, 2015.

사랑밭의 새벽편지 (http://www.m-letter.or.kr)

따뜻한 하루의 따뜻한 편지 (http://www.onday.or.kr)

고도원의 아침편지 (http://www.godowoncenter.com)

사색의 향기 (http://www.culppy.org)

"노년유정" 다산(茶山) 정약용이 마음으로 쓴 글 (http://cafe.daum.net/stonhad/MRB2/1245)

"실제 타이타닉호 부선장이 공개한 '침몰 뒤 숨겨진 이야기'", 뉴스내크 (https://www.ne wsnack.me/c17082408/)

구장회, "스몸비족이여 머리를 들라", 2017.1.6. (http://blog.daum.net/koojang9/563)

권석천, "엄지발가락의 기적", 중앙일보, 2016.1.5.

김경운 기자, "모두가 말렸던 장애인팀 창단", 연합뉴스, 2018.3.17.

김석종, "교황의 행복 십계명", 경향신문, 2014.8.3.

김태희, "공동체의 생존과 공존을 위해", 실학단상, 2017.9.1.

돌아댕기는 뇨자, "아기가 타고 있어요~~스티커의 유래", 여기 가봤어?!!, 2015.3.18. (http://blog.naver.com/chj6245/220303539558)

레스피나, "변질된 '베이비인카' 또는 '베이비온보드'의 유래", 블로거 활자는 권력이다, 2015.9.1. (http://blog.naver.com/fptmvlsk/220468303789)

맥가이버, "내 자신이 먼저 변해야 세상도 변한다", 2003.11.21. (http://cafe.daum.net/lee choonho)

맹선호 기자, "황연대 성취상 30주년… 수상자 대표, 황연대 박사에 감사패 증정", 뉴스1, 2018.3.18.

문다영 기자, "'한 걸음을 걸어도 나답게' 세계최고, 강수진을 만든 건…", 헤럴드경제, 2017.8.14.

백용석, "꺼지지 않는 하나님의 등불", 강남교회 주일설교, 2017.10.29.

백용석, "생명을 택하라!", 강남교회 주일설교, 2017.9.3.

봉리브르, "소유로부터 자유로워지는 법 6가지", 2017.7.8. (http://bonlivre.tistory.com/1124)

성 은, "존심 손상죄", 2012.3.27. (http://blog.daum.net/hanjasalang/16600262)

염두철, "위기는 기회다", 2016.8.28. (http://blog.naver.com/ydc0923/220798667923)

윤태석 기자, "빙판 위 눈물의 애국가… 관중도 함께 울었다", 한국일보, 2018.3.19.

이만열, "누리는 자가 져야 할 의무, '노블레스 오블리주'", 실학 산책, 2015.3.20.

이방현 기자, "죽음까지 몰고 가는 악성 댓글은 테러", 일간스포츠, 2007.12.28.

이정후, "정직의 가치, 고객의 입장, 알렉산더 터니 스튜어트", 알통닷컴 이정후, 2016.2.12. (http://blog.naver.com/haneastart/220624590496)

이혜미 기자, "노력하여 되지 않는 일은 없습니다", 헤럴드경제, 2010.9.6.

전영희 기자, "가난이 왜 부끄러워요?", 스포츠동아, 2012.8.11.

정문용, "모두 행복한 주인공이 되십시오", 2005.3.30. (http://blog.daum.net/jung2118/1894511)

정찬구, "실수가 있을 때 재기의 기회를 주어라.", 2017.4.11. (http://cafe.daum.net/kdfc/EMJL/935)

진송민 기자, "강릉 하키센터에 울려 퍼진 특별한 애국가", SBS, 2018.3.17.

최성환, "오만가지 생각으로 머리 아픈 은퇴, 5F로 정리하자", 헬스조선, 2014.10.23.
최태선, "배고픈 자들에겐 빵을, 가진 자들에겐 배고픔을…", M뉴스앤조이, 2016.9.29.
한승주, "품위 있게 늙는다는 것", 국민일보, 2014.8.2.
허준혁, "위대한 Leader는 Reader였다", 2010.10.19. (http://cafe.daum.net/miso5844/K00W/309)